TAKE
SHOBO

傾国の美姫のマル秘！人生再建計画

逃亡したら皇弟将軍の最愛妃になりました

小出みき

Illustration
サマミヤアカザ

蜜猫
MitsuNeko

contents

イラスト／サマミヤアカザ

傾国の美姫の㊙人生再建計画

逃亡したら皇弟将軍の最愛妃になりました

序章

足元に奈落が広がっていた。

息を詰め、呆然《ぼうぜん》と崖下を見下ろす翠蘭《すいらん》のこめかみに冷たい汗が伝う。

崖の上からは離宮がよく見えた。美しく、贅《ぜい》を凝らした宮殿の瑠璃瓦《るりがわら》は、曇り空の下どんよりと輝きを失っている。

離宮の周りにうごめく無数の人影。時折きらりと光るのは槍《やり》の穂先だろうか。すでに陥落《かんらく》したのは間違いない。

皇帝も重臣たちも皆捕まったことだろう。ここ数年後宮に引きこもって政務をなおざりにしていた皇帝の実態を目にして、きっと彼らは驚いているはず。

寵妃《ちょうき》とともに享楽《きょうらく》と遊蕩《ゆうとう》の日々を送っていると思われていた皇帝が、実際には自力で動くことも喋《しゃべ》ることもできない生ける屍《しかばね》のごとき状態だと知って、彼らはどう思うだろう。

翠蘭に対する誤解を解いてくれるだろうか。

——いや、むしろそんな状態の皇帝を利用したと、さらに翠蘭を罵《ののし》るに違いない。

彼らは翠蘭のことを、皇帝を惑わし佞臣《ねいしん》の専横を招き、国を疲弊させた悪辣《あくらつ》な姦婦《かんぷ》だと信じ込んでいるのだから……。

翠蘭を利用し、すべての罪を着せて矢面に立たせ、その陰で私腹を肥やした者たち。

彼らは叛乱軍《はんらんぐん》が京師《みやこ》に迫ると禁軍《きんぐん》に防衛を命じ、皇帝と翠蘭を連れてひそかに離宮へ逃れた。戦いが収まったら帰還するつもりで気楽に構えていたのだ。

しかし皇帝とその側近が京師を捨てて逃亡したことは即座に敵方に伝わり、気付いたときには離宮は取り囲まれていた。

翠蘭は血相を変えた侍女に追い立てられるように離宮から脱出した。留《とど》まっていれば自分がすべての責任を負わされることは目に見えているのに、侍女に泣きながら頬《ほお》を張られるまで逃げるなど考えもしなかった。

これまで流されるまま、人に利用されるままに日々を送ってきたのだ。

襦裙《じゅくん》（ツーピース型の衣装）の裾をからげて必死に山道を走るうち、じわじわと心の奥から湧き上がってきた。

『死にたくない』という欲求が。

だって、まだ一度も『生きて』ない。

父に言われるまま宴に出、皇帝に望まれるまま後宮に入り。初夜の床入り直後に卒中を起こした皇帝は翠蘭に一度も触れることなく半死人となった。

皇帝の取り巻きはその事実をひた隠し、皇帝が翠蘭に夢中になって後宮から出てこないということにした。彼らが好き勝手に政を行う一方で、翠蘭は皇帝を惑わす悪女として憎まれた。本当のことを知っているのは侍女の深深《しんしん》だけ。ああ、彼女はどうなったのだろう。たったひとりの味方なのに。

死に物狂いで山道を駆け上がり、たどり着いたのは行き止まりの崖の上だった。

息を切らす翠蘭の背後から大音声が響く。

「白昭儀《はくしょうぎ》！　死ねっ、世を惑わす姦婦めが！」

同時に衝撃が背中から胸へと突き抜けた。よろめいた翠蘭はたたらを踏んでどうにか踏みとどまった。

鎖骨の下から覗《のぞ》く鏃《やじり》の切っ先を呆然と見下ろしていると、背後でまたひとしきり喚声と剣戟《けんげき》の音が響いた。

「桃月《とうげつ》！」

「……‼」

その名で翠蘭を呼ぶ人はひとりしかいない。

よろよろと振り向くと、大刀《だいとう》を手に走ってくる甲冑《かっちゅう》姿の男が見えた。かっと目を見開き、男らしいくっきりとした眉を逆立てて。

（……劉翔《りゅうしょう》さま）

一瞬の喜びは、即座に絶望で塗りつぶされる。

翠蘭が密《ひそ》かに思慕していた男。だが彼は翠蘭を軽蔑し、憎んだ。兄を惑わせた毒婦として。

（彼に殺されるなら、いいわ……）

どうせ死ぬしかないのなら慕わしい男の手にかかって死にたかった。誤解されたままなのは悲しいけれど……もうどうしようもない。

翠蘭は弱々しく微笑《ほほえ》んだ。

（あなたにだけは、わかってほしかった……）

足元がふらつく。目の前が急速に暗くなり、ふわりと身体が宙に浮いた。

「桃月！」

絶叫とともに差し出された手が遠のいてゆく。

その手を掴《つか》めたら、何かが変わったのかしら……？

それでも最後に顔が見られてよかった。

死ぬまでずっと見ていたい。

わたしに希望と絶望を同時に抱かせた、愛《いと》しい人の面差しを――。

第一章　酔生夢死《すいせいむし》

総毛立つような生々しい墜落の感覚とともに、白《はく》翠蘭は目を見開いた。

「……っ」

激しい動悸《どうき》と眩暈に襲われ、全身からどっと冷や汗が噴き出す。

息を詰めたまま、ぐるぐると渦巻く光景に瞠目《どうもく》していると、次第に目の焦点が合い始めた。

目に映るそれがどうやら牀榻《しんだい》の天蓋らしいと気付いて眉をひそめると同時に、嬉《うれ》しげな声が傍らで上がった。

「あっ、お嬢さま！　よかった、気がつかれましたか」

聞き覚えのあるその声に若干の違和感を覚えながら顔を向けると、侍女の深深《しんしん》が笑顔で翠蘭を見つめていた。

「深深……？」

「はい、お嬢さま」

「――よかった！　無事だったのね」

思わず跳ね起きて抱きついてしまう。深深は苦笑して翠蘭の背をぽんぽん叩《たた》いた。

「いやだ、わたしはなんともないですよぉ。階段から落ちたのはお嬢さまじゃないですか！」

「階段……？」

何を言ってるんだろう。自分が落ちたのは階段ではなく崖だ。切り立った断崖絶壁《だんがいぜっぺき》の上から落ちたのに、生きているはずがない。

「お嬢さま？　大丈夫ですか？　医師を呼びましょうか」

心配そうに問う侍女を見返して、ようやく翠蘭は違和感の正体に気付いた。

「深深……あなた、なんだか若返ってない？」

侍女は目をぱちくりさせ、苦笑した。

「お嬢さまったら……。わたしは十八です。まだ若返らなくてもいいですよ」

「えっ。じゃあ、わたしも十八……ってこと⁉」

「同い年ですから、そうなりますね」

「鏡！　鏡を見せて」

慌てて渡された手鏡を覗《のぞ》き込《こ》んで翠蘭は絶句した。今朝、身繕いの際に見たときとは全然違う顔が鏡の中から見返していた。

美女であった母よりもさらに美しいと称賛される一方で、義母や姉妹たちから妬《ねた》まれる原因となった美貌は本人にとっては疎ましいだけだ。

確かに、これといって欠点のない整った顔立ちであることは認める。

青蛾《せいが》のごとき眉。すっと通った鼻筋。白雪の肌に映える桜桃の唇。櫛《くし》どおりのよいさらさらとした髪は烏《からす》の濡《ぬ》れ羽色《ばいろ》。髪を飾る簪《かんざし》がなくても、光に映えるその光沢だけで華やかさを感じさせる。

そう、自分の顔であることには間違いない。ただ……記憶よりも確実に若かった。ついさっきまで二十一歳だったはずなのに……。

後宮に閉じ込められ、日夜脅され、蔑まれて笑うことも忘れた顔は、どれだけ美しくてもつねに憂悶《ゆうもん》の翳《かげ》りをおびていた。

いま鏡から見返している顔には、まだ無邪気さが失われていない少女のおもかげがある。

ぱちぱちと瞬《まばた》きをして、じーっと鏡を見つめていると、深深がますます心配そうに尋ねた。

「本当に大丈夫ですか、お嬢さま」

「……深深。わたし本当に十八歳なの？」

「そうですよ」

「それじゃ、ここはどこ？」

「もちろんお嬢さまのお部屋です」

「白家の？」

「当然じゃないですか！　やっぱりお医者さまに診てもらいましょう。さ、横になって静かにお休みになって」

ひったくるように手鏡を取り上げると深深は翠蘭を牀榻《しんだい》に押し込み、急いで出ていった。

翠蘭は混乱しきって天蓋を見上げた。

(どういうこと……!?)

確かに矢で射られて崖から落ちたはずだ。

ハッと気付いて白絹の夜着の襟元を探ってみたが、どこにもかすり傷ひとつ付いていない。

(夢……?)

矢が貫通したときの衝撃も痛みも鮮明に覚えているのに。

とどめを刺そうと大刀を引っさげて走ってくる、劉翔の姿も……。

ずきりと胸が痛み、翠蘭は顔をゆがめた。

「そんな……『邯鄲《かんたん》の枕』じゃあるまいし」

粟粥《あわがゆ》が煮上がる前に人生の栄枯《えいこ》盛衰《せいすい》すべてを夢の中で体験したという物語だが、これはそんな特別な枕ではないし、そもそもあれはただのお話だ。

(それとも、死んで生まれ変わったとか……?　別の人間にではなく、人生を遡《さかのぼ》って運命が定まってしまう前の時点に)

そう考えるとふいに不安になった。自分が十八歳に戻ったとして、いったい十八歳のいつなのだろう?

翠蘭は皇帝の催した宴に出て見初められ、妃に望まれた。翠蘭自身は後宮になど入りたくなかったが、宮中での出世を望む父が娘の意志を考慮することはなかった。

絶対権力者である皇帝の要求を拒否できないことはわかっている。それに、実の娘とはいえ白家に翠蘭の居場所はなかった。

翠蘭の母、李香君《りこうくん》は幼い頃から白家に仕えていた奴婢《ぬひ》だったが持って生まれた美貌が災《わざわ》いし、当主である白呉徳《はくごとく》に目をつけられて酔った勢いで手込めにされた。

呉徳はそのまま香君を側女とし、やがて翠蘭が生まれた。呉徳にはすでに正妻の他に側室がひとりいて、それぞれに複数の子を産ませていた。

正妻はもちろん側室もそれなりの家柄の出身だったから、ふたりとも奴婢の出の香君を蔑んで何かと嫌がらせをしたり、つらく当たった。それは異母きょうだいたちも同じだ。

翠蘭が七歳になる頃、香君は急に体調を崩し、そのまま儚《はかな》くなった。以来、翠蘭は屋敷の片隅で、侍女の深深とともにひっそりと生きてきた。

深深は路上で高熱を発して行き倒れていたところを香君に救われ、侍女として仕えるようになった。香君が亡くなると翠蘭を主として忠義を尽くしてくれている。

父は翠蘭をあまり顧《かえり》みないが、白家の娘として扱い、他の子どもたちと一緒に学ばせてくれた。翠蘭の物覚えがよく、教師からよく誉《ほ》められることを妬んだ異母きょうだいたちにはよく苛《いじ》められた。

翠蘭が成長し、母にも優《まさ》る美貌の持ち主であることが明らかになると、ますます嫌がらせは激しくなった。

娘の美しさを政略に利用しようと考えた父の計《はか》らいで下男が護衛に付くようになって嫌がらせは減ったものの、その代わりに始終監視される息苦しさに耐えねばならなかった。

後宮入りする前のことを思い出して暗鬱《あんうつ》な気分になっていると、深深が医師を伴って戻ってきた。父の呉徳も一緒だ。

医師は絹布越しに翠蘭の手首の脈を取り、気息《きそく》が乱れているようだと告げた。

「階《きざはし》から落ちて頭を打ったせいでしょう。しばらく安静になさってください。鎮静《ちんせい》作用のある薬を処方します」

「宴に出るのはどうだ？　明日、皇宮の宴に招かれているのだが」

(明日？　――では宴の前なのね！)

翠蘭がドキッとする一方、父の問いに医師はかぶりを振った。

「遠慮されたほうがよろしいかと。無理に出席すると眩暈《めまい》を起こして倒れるかもしれません」

「聖上《せいじょう》の面前でうまく倒れてくれればもっけの幸いだがな」

父は冗談とも本気ともつかぬことを呟《つぶや》いた。医師は聞こえなかったふりをしてさらさらと用箋《ようせん》に処方箋を書いて深深に渡した。

医師を帰すと父はがっかりした様子で溜《た》め息《いき》をついた。

「まったく、この大事なときに足を滑らせて落ちるとは……。粗忽《そこつ》にもほどがあるぞ」

「申し訳ありません」

どんな状況で落ちたのか知らないが、これまでの習慣どおり殊勝に謝る。父の背後で深深が不満そうに口を尖《とが》らせていたが、目顔で制した。

「仕方がない。銀枝《ぎんし》か梅花《ばいか》が陛下の目に留まることを祈るか。あのふたりもそう悪くはないが、おまえと比べれば月と鼈《スッポン》だからな」

実の父親のくせにひどいことを口にして溜め息をつき、呉徳は首を振り振り房室《へや》を出ていった。

扉を閉めるなり深深が眉を吊り上げて息巻く。

「どうして仰《おっしゃ》らないんですか⁉　四娘《しじょう》さまに突き落とされたんだって」

「……そうなの？」

「それも覚えてらっしゃらないんですか？」

「四娘というのが梅花のことなのはわかるんだけど……」

考え込みながら呟くと、呆気《あっけ》に取られた深深はにわかに不安な顔つきになって処方箋を振り回した。

「すぐに薬湯を作ってきますから！　おとなしく寝ててくださいねっ」

深深が飛び出していくと、翠蘭は牀榻《しんだい》に横たわって天蓋を見上げながら家族関係の記憶を探ってみた。

正室の潘《はん》氏に嫡男を含めて男女四人がおり、銀枝は二娘だ。姉はすでに他家に嫁いで屋敷にはいない。

側室の藤《とう》氏に男女ひとりずつで、娘が四娘こと梅花。翠蘭からすれば妹になるが、生まれたのは二か月しか違わない。

ほとんど同い年のせいか、やたらと翠蘭を敵視して突っかかって来るのがこの梅花だった。

銀枝は正室の娘であるためか、梅花に比べればいくらかおっとりしているものの、翠蘭を蔑視する点では彼女を上回る。これもまた母が正室であるという自負ゆえであろう。

すでに亡くなった側女《そばめ》の李香君の遺児が、三娘である翠蘭だ。

最近新しく迎えた若い側室――二十歳そこそこ――にはまだ子はいない。彼女は正室である潘氏と縁戚関係にあるため、夫人たちとは仲良くやっているらしい。そもそもが潘氏の勧めで娶《めと》ったのだ。

（ええと……兄が三人に姉がふたり、妹がひとりで、七人きょうだい……なのよね）

ということは、自分は六番目の子で三女だ。

そうそう、と納得して翠蘭は頷《うなず》いた。だいぶ頭がはっきりしてきた。どうやら頭を打ったのは本当らしい。

（梅花が突き落としたって深深は言ったけど、本当なのかしら）

いくら頭を絞ってもそのときの記憶がひとつも思い出せない。

やがて深深が薬湯を持って戻ってきた。苦い薬湯を我慢して飲み干すと、翠蘭は階段から落ちたときの状況を尋ねてみた。

侍女によれば白家の未婚の娘三人が父親に呼ばれ、皇帝が主催する宴に出るように命じられたという。

銀枝と梅花は色めき立った。皇帝の目に留まれば後宮入りが叶《かな》う。父の白呉徳は正三品上の工部侍郎《こうぶじろう》(公共工事を司《つかさど》る部署の次官)だから、少なくとも正四品の美人の位はもらえるはず。たとえ位が多少低かったとしても皇帝の寵愛《ちょうあい》さえ受けられれば栄耀栄華《えいようえいが》は思いのままだ。

皇帝には未《いま》だ公主しかおらず、直系男子を強く欲しているから、うまく皇子を授かれば国母となって皇后を上回る権勢が得られる。

ところが話を聞くうち、父が期待を寄せているのは翠蘭ひとりであることがはっきりした。

銀枝と梅花はいわばおまけのようなもの。

美しさでは劣るものの、好みもあるから目に留まる可能性もなくはない、と露骨に言われて銀枝と梅花は顔を引き攣《つ》らせた。

白呉徳は政治的手腕はともかくとして、人情の機微には甚だ無頓着な人物であった。

父の期待を一身に集めながら、翠蘭自身は欠席したくてたまらなかった。

これまで目立つことはできる限り避けてきた。少しでも目立てば嫌がらせをされる。とにかく目立たず穏便に、というのが亡き母から受け継いだ翠蘭の信条だったのだ。

とはいえ『出たくない』とあからさまに言えば父に逆らうことになる。

そこで『わたくしごとき卑しい身では、そのような晴れがましい場にはとても出られません』と辞退したのだが、父にはかえって『奥ゆかしくてよろしい』と誉められ、異母姉妹には殺気のこもった視線で睨《にら》まれて逆効果にしかならなかった。

その後、溜め息まじりに院子《なかにわ》を巡る回廊を歩いていると、追いかけてきた梅花が『出たくないなら、手伝ってあげるわよ』と吐き捨てながら思いっきり突き飛ばした。

ちょうど院子に下りる階《きざはし》にさしかかったところだったので、翠蘭は押された勢いのまま段を転げ落ち、大きな石灯籠に頭をぶつけて気絶した。

額から血を流してぐったりする翠蘭の姿に、さすがにまずいと青くなった梅花は大声で騒ぎ立てる深深を尻目にそそくさと姿を消したという。

「――そうだったの」

「やっぱり思い出しませんか？」

翠蘭は顔をしかめ、こめかみに手をやった。

今になってやっと気付いたが、翠蘭の頭には白い包帯が巻かれている。そろそろと探ってみた感触では、こぶになっているようだ。さっき鏡を覗いたときは混乱しすぎていてそれどころではなかった。

「わたし、どれくらい気絶していたの？」

「丸一日お目覚めになりませんでした。脈や呼吸の様子から命に別状はないとのことでしたが、わたしもう心配で心配で……」

目を潤ませる深深に翠蘭は微笑んだ。

「もう大丈夫よ。おかげで宴に出ずに済むし、梅花には感謝しないといけないわね」

「何言ってるんですか。打ち所が悪ければ死んでたかもしれないんですよ⁉」

眉を吊り上げる深深を、翠蘭は慌ててなだめた。

「わかってる、冗談よ」

「でも……お嬢さまが宴に出れば、きっと聖上に見初められると思います。だってお嬢さまは本当にお綺麗《きれい》ですもの。まるで天女のようです」

憧憬と誇らしさが入り交じるまなざしを向けられ、翠蘭は居心地悪そうに身じろぎした。

「身びいきが過ぎるわ」

「そんなことありません。お屋敷の方々だって全員そう思ってて、だから奥さま方やお嬢さま方が妬んで意地悪なさるんです」

翠蘭は苦い微笑を浮かべた。

母譲りの美貌にありがたみを感じたことは皆無だ。母とて平凡な容貌だったら主人に手込めにされることもなく、他の夫人たちに疎まれて早死にすることもなかっただろう。

「お嬢さまが後宮に入れば、ご寵愛を独り占めにすることは間違いありません。少なくともお屋敷にいるよりずっとましな生活が送れるはず……」

深深はうらぶれた溜め息をついて部屋を見回した。

つられて眺めれば、確かに翠蘭の房室《へや》は贅沢《ぜいたく》とはほど遠い。日当たりの悪い北の隅っこで壁にはいくつもひびが入っているし、家具調度はガタが来た古物ばかり。牀榻《しんだい》も衣桁《いこう》も塗りが剥《は》げ、帳《とばり》はすっかり色あせて繕いの跡が目立つ。

「でも、ここなら自由でいられるわ。下男をひとり連れれば気楽な町歩きだって許されるし。後宮に入ればそうはいかないでしょ？」

「そうですね。確かに屋台で買い食いってわけにはいかなそうです」

まじめくさった顔で深深が言い、ふたりは顔を見合わせて笑った。

それから数日、翠蘭は大事を取って静かに過ごした。父はどうにかして翠蘭を宴に出したいらしく何度か顔を見せたが、眩暈がするので無理だと訴えるとしぶしぶ承知した。

実際、顔色はまだ青ざめていたし、室内を歩くだけで立ちくらみを起こして座り込んでしまうことも何度かあったので、けっして仮病を使ったわけではない。

宮城《きゅうじょう》の宴では白家の娘たちにお声はかからなかったそうだが、白家だけでなく出席したどの令嬢も皇帝の特別な関心を惹《ひ》かなかったようで、父は安堵《あんど》していた。

（これで諦めてくれればいいのだけど……）

密かに願いつつ、そう簡単に諦めるわけがないと憂鬱《ゆううつ》になっていると、果たして宴から五日後、父親が上機嫌で現れた。

「喜べ、翠蘭！　宮女《きゅうじょ》選抜に出られるぞ」

「……はい？」

「聖上付きの女官に空きが出たのだよ」

ぽかんとする翠蘭に、父は顎ひげをしごきながら満足そうに頷いた。

「慣例どおり、名家の娘を集めて選抜を行う。なに、心配するな。おまえが選ばれるのは決まっているからな。皇后さまや他の妃嬪《おきさき》方の手前、かたちばかりのことだ」

にやりとする父を見て、翠蘭はハッとした。

もしや、先の宴も最初から自分を後宮に入れるためのお膳立てだったのでは……？

「……何故《なぜ》わたしなのですか」

用心深く尋ねると、父親は得意げに顎を反らした。

「無論おまえが世にも稀《まれ》なる美女だからに決まっておろうが。何人もの高官や太監《たいかん》（宦官《かんがん》）に賄賂《まいない》を贈っておまえの美貌を聖上のお耳に入れてもらったのだぞ。聖上が興味を示されたところを見計らって姿絵も送った」

そう言えばしばらく前に父は絵師を呼んで未婚の娘三人の肖像を描かせていた。縁組の打診に使うのだろうとは思ったが、まさか皇帝に見せるつもりだったとは。

「銀枝と梅花の画《え》もお見せしたが、聖上が興味を持たれたのはやはりおまえだった。もともとおまえだけ描かせるつもりが、潘氏と揚氏に聞きつけられて、不公平だと文句を言われてな……。おかげで余計な出費がかさんだわい」

父は正妻と側室の名を挙げて顔をしかめた。

「ま、あれはあれで近いうちに使う機会もあろう。ふたりともそろそろ片づいていい年頃だ」

「……宴でわたしを聖上に引き合わせようと……?」

「やはり直に見てから決めたいとの仰せでな。銀枝と梅花を同席させたのは母親どもにうるさくせがまれたからだ。ま、実際にご覧になったら気が変わるかもしれぬし、高官に見初められるかもしれん。残念ながら誰の気も惹けなかったが……。おまえと並べば見劣りすることがわかっているくせに、むやみに張り合いたがるのだから困ったものだ」

呉徳は相変わらず機微に欠けることをずけずけ言って嘆息した。

「宴に出なかったわたしをどうしてお望みなのかわかりません」

「出なかったからこそ興味が深まったのだ。実はな。宴の翌日、皇帝の側近である姜《きょう》太監を我が家にお招きして壺《つぼ》庭にいるおまえをこっそりと垣間見《かいまみ》してもらったのだ。案の定、かような美女は名画でも見たことがないと感心しておられたぞ」

たなんて！

翠蘭は頬が熱くなった。いくら宦官が『男』ではないとはいえ、見知らぬ誰かに覗かれてい

「後宮を取り仕切る皇后さまはむやみに妃嬪を増やすことにいい顔をなさらぬ。連れ添って長い皇后さまにはさすがに聖上も遠慮がある。皇后さまと縁続きであれば話は別だが、我が家はあいにくなんのつながりもない。最初から妃として後宮に入るよりは、ひとまず宮女として後宮に上がり、ほどよい頃合いにお手つきになったほうが皇后さまのご機嫌を損ねる恐れは少ないはずだ。宴に出そびれてかえってよかったかもしれぬな！」

上機嫌な父を、翠蘭は絶望的な目で眺めた。

この数日、前世の夢について考え続けてきた。あまりにも鮮明すぎて、どちらが現実でどちらが夢なのか判然としないくらいの、それは確かな『記憶』だった。

そう、『記憶』だ。

夢ではなく、前世の記憶。

絶望に塗り込められた、無惨な人生の記憶――。

前の世で、翠蘭は宴で皇帝の目に留まり、十八歳で後宮入りした。しかし皇帝は真紅の調度に彩られた初夜の牀榻《しんだい》に翠蘭を押し倒すや否や、卒中を起こして意識を失った。

たるんだ巨体の凄《すさ》まじい重量で翠蘭は押し潰されそうになった。必死に揺さぶり拳で叩いてもなんの反応もなく、ただ大音量のいびきが聞こえるばかり。

どうにかこうにか巨体の下から這《は》い出した翠蘭は扉の外に控えていた敬事房《けいじぼう》太監（閨房《けいぼう》を司る宦官長）に皇帝が眠ってしまったと告げた。

そのときは酒の飲み過ぎで酔って寝てしまったとばかり思い、ひとまず難を逃れられたとホッとしていた。

様子を見に来た太監はたちまち異変に気づき、急ぎ太医《たいい》を呼びつけて診察させた。結果、皇帝は卒中発作を起こしたことが判明したのだった。

皇帝が意識不明に陥ったことは秘密にされた。側仕えの宦官や女官たちに厳しい箝口令《かんこうれい》を敷き、事態を把握しているのはごく一部の宦官と寵臣《ちょうしん》、そして正妻である皇后のみだった。

翠蘭は何がどうなっているのかわからないまま深深とともに小部屋に閉じ込められた。数日後に訪れた皇后は、平伏する翠蘭に向かって冷酷な口調で厳命した。

『聖上の容態について一言でも洩《も》らせば、大逆罪で九族皆殺しに処す。黙っていれば寵姫《ちょうき》として何不自由ない暮らしを保証し、親族も取り立ててやろう』

拒むことなどできようはずもなかった。

皇帝が倒れたことは厳重に伏せられ、新しい妃に夢中になって後宮から出てこないことにされた。もっともそれを翠蘭が知ったのは、ずっと後になってからのことだ。

もともと皇帝はさして政に関心がなく、よほどの重大案件以外は側近に任せきりだった。皇帝にとっても義務である朝議《ちょうぎ》を欠席することも度々あったため、特に不審に思う者はなかった。

一月ほど経《た》って皇帝は昏睡《こんすい》から覚めたものの、動かせるのは首から上のみで言葉も不明瞭になっていた。皇帝の状態はなおも伏せられ、政務は皇后の一族が取り仕切った。

正三品〈婕妤《しょうよ》〉として後宮に入った翠蘭は、正二品〈昭儀《しょうぎ》〉の位を与えられ、白昭儀と呼ばれるようになった。住まいとして与えられた碧蘿宮《へきらぐう》から出ることは許されなかった。

皇帝は碧蘿宮で倒れ、そのまま療養していたが、意識が戻って自分の身に何が起こったのかを理解すると翠蘭に怨悪《えんお》の目を向けた。

翠蘭のせいで発作が起こったと思い込んでいるのは明らかだった。

皇帝の看護は太監や古株の宮女たちが行い、翠蘭にはすることもない。皇帝は翠蘭を目にすると激昂《げきこう》して取り乱すため見舞いも禁じられた。

皇帝に憎まれる翠蘭を、誰もが冷たくぞんざいに扱った。皇后・四妃に次ぐ昭儀という位にありながら、身の回りの世話をする侍女は実家から連れてきた深深のみで、自ら房室《へや》の掃除をするようなありさまだった。

ただ皇帝が気散じのため輿《こし》に乗って外出したり、教坊（宮中の音楽を管理し、楽人や舞妓《ぶぎ》を養成する役所）の楽人たちの歌や踊りを鑑賞する時のみ、豪華《ごうか》絢爛《けんらん》に着飾って同席させられた。

そのときばかりは大勢の宮女が澄まし顔で付き従ったが、それは監視のためであり、美々しい襦裙も宝玉を散りばめた黄金の装身具もなんの喜びも齎《もたら》さなかった。

豪華な宮殿の一角で打ち捨てられたような軟禁生活を送るうちにも、皇城では翠蘭の悪評が日に日に高じていった。

　本人の知らぬ間に、翠蘭は皇帝を骨抜きにして贅沢を貪る毒婦と見做《みな》されていたのだ。

　皇后一族は捏造《ねつぞう》した勅《みことのり》で翠蘭の実家である白家の者たちを次々と取り立てたが、約束を守ったわけではなく単に自分たちの専横を目立たせぬためだった。

　実際にはお飾りの操り人形に過ぎないことも知らず、父や兄たちはすっかり鼻を高くして借り物の権勢に酔いしれていた。

　三年の月日が流れ、京師《みやこ》のみならず地方の下級官吏にまで不正・腐敗が蔓延《まんえん》した結果、ついに叛乱が起こった。

　天子としての務めを怠り、政の腐敗を招いたとして、皇帝の異母弟《おとうと》である驃騎《ひょうき》大将軍・烏骨《うこつ》劉翔が譲位を迫ったのだ。

　叛乱軍はまず副都を占拠し、勢いに乗って京師に攻め上った。

　傀儡《かいらい》の権力者だった白呉徳は皇后に言いくるめられて京師に残っていたが、捨て駒にされたことに気付いて逃げ出したときにはすでに遅く、同行していた一族もろとも斬殺された。

　一方、皇后一族を始めとする真の奸臣《かんしん》どもは寝たきりの皇帝を擁《よう》し、ひそかに京師を脱出した。内通によってそれを知った皇弟は間髪入れずに離宮へと向かい、離宮が叛乱軍に取り巻かれるなか翠蘭は深深の必死の計らいで脱出を図った。

　しかし断崖の上に追い詰められ、矢で射られて谷底へ転落し——。

(――――死んだんだわ)

そうして気がつけば、どういうわけか三年前に戻っていたのだ。

ぶるりと翠蘭は震えた。

前の世では宴で皇帝に気に入られ、御召《おめし》により後宮入りとなった。

今回は異母妹の意地悪のせいで宴には出なくてすんだものの、すでに結果の決まっている茶番同然の宮女選抜に出なければならない。

(後宮に入れば、きっとまた同じことが起こる……!)

たとえ皇帝が発作を起こさなかったとしても、翠蘭はけだものじみた男に蹂躙《じゅうりん》され、生涯後宮に閉じ込められてしまう。

一度でも手がついた女は二度と後宮から出られない。皇帝が崩御しても解放されることはないのだ。尼寺か道観《どうかん》(道教の寺院)に送られ、尼僧もしくは女道士となって死ぬまで菩提《ぼだい》を弔わされる。

たとえどんな贅沢を約束されようと、あんなおぞましい男の妻になるなんてまっぴらだ。血走った目でのしかかってきた、たるんだ巨体を思い起こすだけで鳥肌が立つ。

こんな男が貴い天子さまだなんて、とても信じられなかった。麻の如く乱れ、群雄割拠していた中原を統一し、瓏《ろう》王朝を打ち立てた偉大なる太祖・烏骨鎖塵《さじん》の子孫とはとても信じられない。

酒臭い息に吐き気を催し、いっそ舌を噛《か》んで死のうとさえ思った。こんな男のおもちゃになるくらいなら死んだほうがまし。そのときの絶望感は今でもひしひしと身に迫る。

(もしも前の世のとおりに聖上が発作を起こしたら……)

事実を隠蔽して政を恣《ほしいまま》にしようとする奸臣たちに、またもや利用されることになる。翠蘭は傾国の汚名を着せられ、たったひとつの慰めだった慕わしい人物の手で殺されてしまうのだ。

(劉翔さま……)

翠蘭の脳裏に満開の桃園で出会ったひとの面影がよぎる。

深深とこっそり服を交換し、ひとときの解放感を噛みしめながら月に照らされた桃花を眺めていたときに出会った、凛々《りり》しい武官――。

ふと気がつけば見知らぬ美丈夫が目を丸くして翠蘭を見つめていた。そして動揺する翠蘭に照れたように言ったのだ。

仙女かと思った、と。

名を尋ねられて口ごもっていると、ふいに彼は『桃月《とうげつ》と呼ぼう』と言った。

月下の桃園で出会ったから、と。

面影を脳裏に思い描いただけで、心臓が締めつけられるように苦しくなる。

彼との逢瀬《おうせ》が生きる希望となった。もとより結ばれる望みはない。それでも肩を寄せ合ってひととき過ごせるだけで幸せだった。

月明かりの下、季節の花を共に眺めた。夜空を見上げ、かたちを変えゆく月を追った。流れ星にそれぞれの願いをかけた。翠蘭は武官である彼が無事であることを祈った。

星降る夜空の下、そっと唇を重ねた。

淡く儚く、純な恋は、しかしある日突然壊れてしまう。

寵姫として皇帝の側に侍《はべ》っているときに出会ってしまったのだ。豪華絢爛に着飾った翠蘭を、彼は離れた場所から愕然《がくぜん》とした面持ちで見つめた。

そのときになって翠蘭は初めて知った。彼が皇帝の異母弟、瓏の全軍を率いる驃騎大将軍・烏骨劉翔だったことを。

呆然としていた彼の黒い瞳が憤激で燃え上がるのを、翠蘭は絶望とともにただ見返すことしかできなかった。

彼が睨みつけている女はもはや宮女の桃月ではない。皇帝を惑わす大姦婦、白昭儀だ。

（……っ）

胸苦しさに翠蘭は衫襦《さんじゅ》（ブラウス）の襟元をぐっと掴んだ。急激に跳ね上がった鼓動が軍鼓のように鳴り響く。

しばし唇を噛みしめ、漸う《ようよ》翠蘭は弱々しい吐息をついた。

もう二度と、あんな目で見られたくない。

たったひとつの生きる拠り所《よどころ》だった存在に、憎まれ、軽蔑され、拒絶された。本当のことを

言えないのが何よりつらかった。

（……出会わなければ、いい）

皇帝にも、劉翔にも。出会いさえしなければ、翠蘭は平穏無事に生きていける。皇帝は卒中発作を起こさず、翠蘭が傾国と誹《そし》られることもなく。

そうすれば劉翔は叛乱を起こさない。白家の人たちが犠牲になることもなければ、翠蘭が劉翔に殺されることもないはずだ。

（……そうよ。わたしが後宮に入らなければ、すべてはうまくいくんだわ）

後宮に入ったら、きっとその時点でもう終わり——。

翠蘭は目の前で上機嫌に喋り続けている父親をなんとも言えない心持ちで眺めた。

自分が後宮に入れば、父は皇后一族の隠《かく》れ蓑《みの》としてさんざん持ち上げられた挙げ句、叛乱軍に殺されてしまうのだ。

たとえ娘を出世に利用することしか考えていなくても父は父。義母たちや異母きょうだいたちも同じだ。けっして好きではないけれど、むざむざと殺されるのを座視してはいられない。

翠蘭は深く一呼吸して告げた。

「——厭《いや》です」

父親は呆気に取られた顔で翠蘭を眺めた。

「なんだって？」

「後宮には入りたくありません。だから宮女選抜には出ません」

「何を言っておるのだ⁉」

唖然《あぜん》としていた父は、きりきりと眉を逆立てて怒鳴った。

気圧《けお》されそうになりながらもどうにか踏ん張り、眉根に力を込めて父を見返す。

「後宮には入りません。絶対に」

きっぱり言い切ると父は口をぱくぱくさせて喘《あえ》いだ。逆らったことなど一度もない娘の思わぬ反抗に頭がついていかないようだ。

「ど、どうかしたのではないか⁉　悪いものでも食べたのか……いや、石灯籠に頭をぶつけたせいだな！　そうに違いない」

ある意味そのとおりではあるのだが、翠蘭は黙っていた。説明したところで理解してくれるとは思えない。

「後宮に入るくらいなら尼寺へ行きます」

決然と告げると深深がとんちんかんな悲鳴を上げた。

「そんな！　お嬢さま、出家するにはお髪《ぐし》を剃《そ》らねばならないのですよ⁉　こんな綺麗なお髪を、もったいない！」

「いいことだわ。髪がなければ後宮には上がりようがないもの」

妃嬪たちのような凝った髷《まげ》を結うにはかかとに届くくらいの長さが必要だ。一度剃髪《ていはつ》してしまえば伸びるのに軽く十年はかかるし、髢《かもじ》など使えば皇帝を謀った罪で斬首されるのは必定である。

「お嬢さま、せめて女冠《じょかん》（女道士）になさってください。髪を剃らないで済みますから！」

「そういう問題ではないっ」

涙ながらに掻《か》き口説《くど》く深深を父が怒鳴りつける。聞き流して翠蘭は独りごちた。

「……そうだわ。尼になってお母さまの菩提を弔えばいいのよ」

後宮に入れば、いずれ好きでもない男の菩提を一生弔わされるはめになるのは目に見えている。それくらいなら今すぐ剃髪して尼となり、母の菩提を弔おう。

そうすれば母も浮かばれるだろうし、自分も心安らかに過ごせる。ついでに――と言ってはなんだけど、劉翔の武運長久と健康長寿を祈ることもできるではないか。

にわかに翠蘭は本気で出家したくなった。

「さっそく大医王寺《だいいおうじ》に行ってお住持《じゅうじ》さまにお願いします」

大医王寺は薬師如来を御本尊とする尼寺で、母に連れられ翠蘭も度々お参りしていた。その尼僧たちは医師としても名高く、広く尊崇を集めている。

尼僧となって医薬の勉強をすれば人々の役に立てるし、一石二鳥どころか三鳥ではないか。

意気込んで房室《へや》を飛び出そうとする翠蘭の前に、呉徳が慌てて両手を広げて立ちふさがった。

「冗談ではない、勝手なまねは許さんぞ！　宮女選抜まで謹慎だ！」

こめかみに青筋をたてて怒鳴り、呉徳は深深を睨みつけた。

「よく見張ってろ。万が一にも逃がせば洗濯板で五十回打たせるからな」

その剣幕《けんまく》に深深は竦《すく》み上がり、真っ青になってこくこく頷いた。五十回も洗濯板で尻をぶたれたら死ぬかもしれない。

手荒く扉を閉めて父が出て行くと、召使に見張りを命じる怒声が院子《なかにわ》に響いた。

頭に上っていた血が急激に下がり、眩暈を覚えて翠蘭はふらついた。深深が慌てて支え、榻《ながいす》に座らせる。

「お茶をどうぞ、お嬢さま」

差し出された茶碗《ちゃわん》を力なく受け取り、翠蘭は溜め息をついた。

「頭がくらくらする……」

「昂奮《こうふん》するとよくないですよ。ひどく頭を打ったんですから。安静にしているようお医者さまに言われたでしょう?」

「……後宮には行きたくないの、絶対に」

濃いめのお茶を一息に飲み干すと深深が小首を傾《かし》げた。

「お嬢さまの容色《みめかたち》なら、ご寵愛は間違いないのに……」

「寵愛なんかされたくない。側にも寄りたくないわ」

翠蘭はゾッと身震いした。

「それはまぁ……聖上もいいお年だそうですから、お嬢さまのお気持ちはわかりますけど。父君と変わらない年代の殿方に嫁ぐとなれば気が進まなくて当然ですよね。後宮にはすでに山ほど妃嬪がいらっしゃいますし……。お嬢さまがご寵愛を独占すれば嫌がらせされるのは間違いありませんから、きっとひどくいじめられるはず。今だってひどいのに後宮となればその比じゃな――」

突然ハッと深深は顔色を変えた。

「そうだわ、嫉妬されて毒を盛られるかも」

「物騒なこと言わないでよ！」

「だって、後宮内のいじめときたらそりゃあ陰湿なんだそうですよ。人伝《ひとづ》てに聞いた話ですけど。毒殺されるくらいなら尼になったほうが、確かにいいかもしれません」

翠蘭が寵愛を独占すると決め込むのは身びいきだが、とにかく賛同を得られてホッとする。

「頭を剃ってしまえばお父さまがいくら怒ったところでどうにもならない。縁を切られるかもしれないけど、それは覚悟の上よ」

「では、どうあっても剃髪なさるおつもりで？」

「後宮に入るわけにはいかないの。そうしたら……大変なことになるわ」

「大変なことって、どうなるんです？」

「……殺されるのよ、みんな。わたしも、お父さまも、白家の全員が。もちろん深深も」

「えーっ、わたしもですかぁ!?」

深深は悲鳴を上げ、そわそわと周囲を見回した。

「それってもしや仏さまの御告《おつ》げでしょうか……?」

重々しく頷くと深深は青くなって手を合わせ、小声で経文の一節を唱えた。昏倒《こんとう》した翠蘭が丸一日目覚めなかったのは事実であり、深深は翠蘭以上に信心深いというか、信心を越えて少々迷信深いところがあるのだ。

翠蘭はあの『夢』を実際に起こったことだと考えているけれど、仏さまの御告げだと言ったほうが深深は納得できるだろう。

「御告げなら従わねばなりませんね。わかりました、わたしもお嬢さまと一緒に出家します!」

「何も付き合う必要はないのよ。尼にならなくたってお寺で働かせてもらえるわ」

「そ、そうですね。俗人でいたほうがお嬢さまのお使いをするにも便利ですし……。でもでも絶対わたしを置いていかないでくださいね!?」

「わかってる、板打ちなんてけっしてさせないわ」

しっかりと請け合うと深深は目許《めもと》をぬぐってにっこりした。

第二章　胡蝶《こちょう》の夢

それから数日、翠蘭はしおらしく過ごした。まずは諦めたと思わせて父を油断させるのだ。もともと逆らったことなど一度もなかったため父はコロリと騙《だま》され、頭を打った後遺症で一時的に錯乱しただけだと納得した。

その間に少しずつ荷物をまとめた。俗世を離れるのだから何も持つ必要はないが、目指す大医王寺は京師《みやこ》郊外の山腹にあり、どんなに急いでも馬車で半日はかかる。しかも今回は馬車を使えないので歩いて行くしかない。

最後にお参りしたいなどと頼めばかえって警戒されるだろう。また、脱走がバレれば寺に行ったに違いないとすぐさま追手を差し向けられるはずだから、用心して回り道をする必要もあった。

そうすると寺まで早くて三日、下手をすれば五日やそこらはかかってしまう。獣や追剥《おいはぎ》に襲われるかもしれないので野宿など怖くてとてもできない。客桟《はたご》に泊まるとなれば宿代として現金もしくは換金できる宝飾品か絹布が必要だ。

手許《てもと》にあるわずかばかりの銅銭や銀粒、母の形見の簪や腕輪、大事にしまっておいた反物をふたつにわけて包み、牀榻《しんだい》下に隠した。

そして宮女選抜を明後日に控えた夜、翠蘭は家出を決行した。選抜前夜にしなかったのは、用心した父が見張りを厳重にするかもしれないからだ。

その夜も下男がふたり見張りに立っていたが、翠蘭はずっと房室《へや》に閉じこもったままで逃げる気配もなかったため、すっかり気が緩んでいた。

深深は、お嬢さまからのお振る舞いと称して見張りに眠り薬入りの菓子を食べさせ、さらに眠気覚ましと言いながらこれまたたっぷり眠り薬の入った茶を飲ませた。

物陰から窺《うかが》っているうちにふたりは舟をこぎ始め、まもなくぐっすり眠り込んだ。念のためつついてみても目覚める気配はない。交替が来るまでまだ二刻はある。

用意しておいた荷物を背負い、ふたりは密かに房室を抜け出した。

翠蘭の住まいは敷地の隅っこで、わざわざ訪れるのでなければ誰も通らない場所にある。裏の勝手口は昼間は人の出入りがあるため鍵はかけられていない。

深深の下調べのおかげで使用人の目に留まることなく外に出られた。

手持ちの衣装の中から一番地味で目立たない長衣を選び、薄絹を引き回した笠《かさ》をかぶった翠蘭は、深深に手を引かれてそそくさと雑踏にまぎれた。

ひとまず寺とは反対方向へ歩きだす。まさか逆方向へ行くとは思わないだろうから、追手がかかっても時間稼ぎになるはずだ。

京師《みやこ》を出るまでは順調に進んだ。

何しろ人通りが多いので目立たない。中原の大帝国、瓏の首都である。広大な帝国の諸州だけでなく、東西南北に境を接する国々、さらに遠方の異国からもさまざまな容貌、文化風習を持った人々が集まってくる。

少しくらい変わった格好をしていても誰も注目しない。京師を囲む外壁の城門には警備兵が配置されているが、通行証を見せなければならないのは入る者だけだ。

たまに呼び止められて検《あらた》められる者もいるが、さいわいにも大規模な商隊のすぐ後ろにつけたため、怪しまれることもなく通過できた。

しばらく主街道を行き、分かれ道に入る。ぐるっと大回りをして、家から直行するのとは反対側から寺に入る計画だ。

こちらの道も一度だけ通ったことがある。数年前に寺からの帰途、いつもの道で土砂崩れがあってやむなく迂回《うかい》したのだ。

逆方向であっても、以前通ったときの記憶では迷いそうなところはない。

初夏で日の長い季節だが、夕暮れまでになるべく先の客桟《はたご》に到着したいのでがんばって歩いた。

二刻近くも休まず歩き続けるとさすがに疲れる。いくら冷遇されているとは言え、お嬢さま育ちの翠蘭はへとへとになってしまった。

（そろそろ脱走がバレた頃合いね……）

深深とてへばっているのは同様で、次第に足取りが重くなってきた。道端で一休みしましょうと言いかけたとき、深深がはしゃいだ声を上げた。

「茶店だわ！　お嬢さま、あそこで休憩しましょう」

疲労でうなだれていた頭をもたげると、道の脇に二階建てのけっこう立派な茶店があった。店の前に竹で作った卓子《テーブル》と腰掛けがいくつも並んでいる。そのひとつで二人連れのあまり風体のよろしくない男たちが酒を飲んでいた。

一番離れた席に腰を下ろすと、中から店員が出てきて愛想よく注文を取った。お腹《なか》もぺこぺこだったので、豚肉入りの炒飯《チャーハン》と湯《スープ》を頼む。ほどなく作りたての炒飯が大皿で運ばれてきた。

笠を外そうとすると深深がそっと手を押さえた。

「そのままのほうがいいです。あそこで飲んでる二人連れ、ちょっと目つきが怪しいから」

翠蘭からは背後なので見えないが、用心して薄絹を笠にたくし上げるだけにする。

小皿に取り分けながら食べ始めると、空腹のせいか、あるいは長々と歩いたせいか、家で食べる食事よりもずっと美味《おい》しく感じられて一心不乱にぱくついた。

「あー、おいしかった」

深深が満足の溜め息を洩らす。

お茶を飲んで一息ついた途端、背後に人の気配を感じた。振り向く間もなく、背から下ろして脇に置いていた荷物を奪われていた。目つきが悪いと深深が評した二人組だ。

「ちょっ……何するのよ⁉　返しなさいっ、このごろつき！」

飛び上がった深深が腰掛けを蹴倒し全速力で二人組を追いかける。慌てて翠蘭も後を追った。

「泥棒！　待てーっ」

かんかんになった深深が拳を振り上げて追いかけたが、食べたばかりというのもあって速度が上がらず、みるみる引き離されてしまう。

脇腹を押さえつつ懸命に追いかける深深の背中に、翠蘭は喘ぎながら呼びかけた。

「ま、待って深深。そっちは駄目よ、戻っちゃうわ……っ」

こそ泥が走り去ったのは翠蘭たちがやってきた方向だ。追いかけたら逆戻りしてしまう。

「でもお嬢さまの全財産が〜〜〜！」

悔し涙を浮かべて深深が地団駄を踏む。追いつこうと足を速めた途端、翠蘭は路面のでこぼこに躓《つまず》いてばったり倒れ伏してしまった。

「あっ……」

「きゃあっ、お嬢さま！　大丈夫ですか⁉」

駆け戻ってきた深深が慌てて翠蘭を抱き起こす。長衣の下に穿《は》いた白い褲《ずぼん》がすり切れ、血が滲《にじ》んでいることに気付いて深深は悲鳴を上げた。

「お嬢さま、お怪我《けが》を⁉　早く手当てしなきゃ。立てますか？」

「だ、大丈夫」

気を取り直して身を起こした翠蘭は、深深の手を借りて立ち上がろうとして眉をひそめた。

「……なんだか地鳴りがしてるみたい」

「やだ、地震でしょうか」

地震と雷が大の苦手の深深は焦って周囲をキョトキョト見回し、ふと動きを止めて青ざめた。

「え……。なんか近づいてくる……？」

今やはっきりとした震動が感じられた。地震ではない。これは──馬蹄《ばてい》の轟《とどろ》きだ。それもただならぬ数の。

ふたりは座り込んだまま絶句して道の先を見つめた。茶店の少し先で湾曲していて、先を見通すことはできないが、ふたりが向かおうとしていた方向から、馬の大群が迫ってくるのは確かだ。もちろん、馬だけのわけもなく──。

「ま、まずいわ。きっと軍隊が通るのよ。早く避けないと……」

よろよろと立ち上がった翠蘭はへたり込んだままの深深の腕を引っ張った。ところが深深は焦ってもがくだけで踏ん張ることができない。

「あ、あれ？　立てない……。やだっ、なんで⁉」

地震かと驚いたせいで腰が抜けてしまったらしい。深深は半べそをかきながら翠蘭を押しやった。

「逃げてください。このままじゃお嬢さままで踏み潰されてしまいます」

「そうはいかないわ！　がんばって、深深」

どうにかして安全な端っこまで引きずろうとしたが、疾駆する馬の速度はこそ泥の逃げ足どころではない。

道の湾曲部から馬の頭が見えたと思った次の瞬間には並走する軍馬の群れがすぐそこまで迫っていた。このままでは本当に踏み潰されてしまう。

意を決し、翠蘭は両手を大きく広げ、大の字になって道の真ん中に立ち塞がった。背後で深深が『逃げて』と泣き声を上げる。

翠蘭はぐっと奥歯を食いしばり、ともすれば恐怖に閉じてしまいそうになる目を懸命に見開いた。笠から垂らした薄絹越しに、黒光りする軍馬の巨躯《きょく》が迫る。

耳をつんざく馬蹄《ばてい》の轟きと苛立《いらだ》った鋭い嘶《いなな》きに、止まれと怒号する声が入り交じる。後ろ足で立ち上がった馬が前肢を振り上げる動きが、ひどくゆっくりとして見えた。

撥《は》ね飛ばされるのを覚悟したが、蹄は空を掻いてずしんと地面を叩いた。気がつけば翠蘭は鼻息荒い軍馬に取り囲まれていた。

それぞれの鞍上《あんじょう》には甲冑姿の武将が跨《また》がり、全員が空恐ろしい形相で翠蘭を睨《ね》めつけている。

「女！　瓏国大将軍率いる驃騎府の軍と知っての狼藉《ろうぜき》かァ⁉」

顔の下半分がひげに埋もれたぎょろ目の武将が野太い声を張り上げる。がっちりした体格の軍人に凄《すご》まれた深深は震え上がり、しゃくり上げながら翠蘭の腰にしがみついた。

一方、翠蘭は『瓏国大将軍』、『驃騎府の軍』と聞いてぽかんとした。

前の世も含め、翠蘭の記憶が正しければ、瓏国武官の最高位である大将軍と、騎射に優れた騎馬兵を統括する驃騎府の長を兼任し、驃騎大将軍と称される武将は――あの人に他ならない。

(そんな、まさか……)

愕然として声も出ない翠蘭に苛立ち、ふたたびひげ面が怒鳴った。

「答えぬか、女!」

「――何事だ？」

冷厳な声が男の後ろから上がり、ひときわ立派な体格をした漆黒の軍馬が進み出た。馬上には黒光りする兜《かぶと》と鎧《よろい》に身を固め、両腰に長剣を帯びた大柄な武将が跨がっている。

きりりとした眉、通った鼻筋、引き締まった血色の良い唇。武人にしては色白だが、鍛え抜かれた堂々たる体躯《たいく》と毅《き》然《ぜん》とした風貌ゆえ、惰弱な印象は微塵《みじん》もない。

黒曜石のごとき硬質な光を放つ双眸《そうぼう》をひたと当てられ、薄絹の陰で翠蘭は喘いだ。

(劉翔さま……！)

前の世で翠蘭が唯一愛した男《ひと》。翠蘭を傾国の毒婦と憎み、殺した男。

瓏国皇帝の異母弟《おとうと》君。

驃騎大将軍、烏骨劉翔――。

今生では顔を合わせることなどなかったはずなのに。後宮にさえ入らなければ出会わずに済むと思ったのに。

愛されることも、それ以上に憎まれることもなく。翠蘭の存在を知らぬまま遠く隔たった彼を想《おも》い、その人生が幸福でありますようにと祈りを捧《ささ》げて生涯を送るつもりだった。

その彼が、目の前にいる――。

劉翔は静かに馬を進め、馬上からまっすぐに翠蘭を見下ろした。彼は翠蘭に視線を注いだまま、無言で右手を開いた。侍衛《じえい》が即座に長槍を差し出す
掴んだ槍をブンと軽く振ると、鋭く空気が切り裂かれる。その音を聞いただけで翠蘭は観念した。

(今生でも、やっぱり劉翔さまに殺される運命なのね……)

今度は翠蘭が誰なのかも知らないまま。

でも、そのほうがいいかもしれない。憎まれることも蔑まれることもない。ただ、皇族に無礼を働いた市井の女として処罰され、即座に忘れられる。

忘れられる。

記憶もされぬまま。

果たしてどちらがましなのか、もう翠蘭にはわからない。

こうして最後に出会えたことが幸運なのか不運なのか。それでも、他の人間の手にかかって死ぬよりはずっといい。

槍の穂先が眼前に迫る。せめて最後まで彼の顔を見つめていよう。最後の最後まで。前の世でも、崖から転落しながら彼を見つめていたように。

繰り出された槍は、しかし翠蘭の胸を突き刺すことなく向きを変え、かぶっていた笠をはじき飛ばした。

薄絹ごとまっぷたつに割れた笠が宙を舞う。劉翔の目が見開かれ、遮るものなくふたつの視線が交錯した。

絶句して彼を見つめていると、ひげ面の武将と劉翔を挟んで反対側にいた武将が感嘆の面持ちでヒュウと口笛を吹いた。

「こいつは驚いた！　まさかこんな別嬪《べっぴん》さんの当たり屋がいるとは」

何を言われたのか理解できない。翠蘭の腰にしがみついて震えていた深深が自暴自棄《やけくそ》になって抗議した。

「当たり屋なんかじゃありません！　転んで動けなかっただけです！」

「黙れっ、行軍を邪魔したことに変わりはない！」

ひげ面に一喝され、深深はヒッと悲鳴を上げて首をすくめた。

反対側の、やや垂れ目ぎみでひょろりとした武将が顎を撫《な》でながら思案顔で尋ねる。

「どうします、大将？　地味ななりだが、よく見ればわりあいいいものを着てますよ。どこぞのお嬢さんと侍女ってとこでしょうか」

答えはなく、ひげ面の武将が不審そうに窺った。

「大将軍？」

翠蘭を凝視していた劉翔は、ハッと我に返り、垂れ目の武将がニヤニヤしていることに気付いたとたん渋い顔になった。

「……そのほうらは何者だ？　帰還途中の遠征軍を足止めした理由を正直に述べよ。納得のいく説明があれば咎《とが》めはせぬ」

「お嬢さま……」

泣きだしそうに顔をゆがめる深深に、翠蘭はゆるくかぶりを振った。どうやら逃避行はここまでのようだ。

覚悟を決めた翠蘭は居ずまいを正し、跪《ひざまず》いて拱手《きょうしゅ》拝礼した。慌てて深深もそれに倣う。

「わたくしは聖上より工部侍郎を拝命いたします白呉徳の三女、翠蘭と申します。これはわたくしの侍女、深深です」

「工部侍郎の息女だと？　真実《まこと》であろうな」

「驃騎大将軍さまに嘘《うそ》など申しませぬ」

きっぱり応じると、劉翔はひらりと馬から飛び下り、翠蘭に歩み寄った。

「立ちなさい」

「恐れ入ります」

手を借りて立ち上がったが、膝にピリッと痛みが走り、わずかによろめいてしまう。

「怪我をしているのか」

「転んで擦りむいただけです」

「軍医を呼べ。ここでしばし休憩を取ることにする。兵と馬を休ませよ」

劉翔は部下に命じるとふたたび翠蘭に向き直った。

「馬車の中で手当てするといい」

彼の視線を受け、垂れ目の武将が馬首を巡らせて後方へ駆け出した。

まもなくガラガラと車輪の音がして大型の馬車が現れる。おそらく劉翔が休むためのものなのだろう。皇族用だけあって立派なものだ。

その後から別の馬車が来て、中から薬箱を下げた医師が急いで降りてきた。事情を聞いた医師に促され、馬車の中で治療を受ける。

擦《す》り剥《む》いて出血したが、深い傷ではない。痕も残らないだろうと聞いて深深が安堵の溜め息をついた。

軍医が下がると入れ替わりに劉翔が乗り込んできて、改めて事情を尋ねられた。こうなったらもうどうしようもない。翠蘭は諦めて正直に打ち明けることにした。

「……という次第で、茫然自失《ぼうぜんじしつ》としていたところ、思いがけず行軍のお邪魔をしてしまいました。ひらにご容赦ください」

床に額付《ぬかづ》く翠蘭に劉翔は慌てて手を差し伸べた。

「わかった、わかった。いいから座れ」

「恐れ入ります」

慎《つつ》ましく座席に座り直すと、劉翔は乗り口の垂れ幕を上げて部下を呼ばわった。ひげ面の武将に荷物を盗まれた話を伝え、探索を命じる。

「御意！　見つけ次第引っ立ててまいります」

ひげの武将は小隊を従えて飛び出していった。劉翔は翠蘭に向かって軽く頭を下げた。

「山中に逃げ込まれたら見つけるのは難しいが……」

「仕方がありません。わたくしどもが不用心だったのです」

「良家のご令嬢であれば無理もあるまい。それにしても……いくら宮女選抜に出たくないからとて出家しようとは」

劉翔は呆《あき》れたような感心したような、複雑な顔で苦笑した。

無理もない、皇帝は彼の兄なのだ。宮女になりたくないということはつまり皇帝に仕えたくないということで、不敬と取られても致し方ない。

「選抜に出ても選ばれるとは限らないのだぞ。……いや、そなたのような美女ならば選ばれて当然か」

劉翔に嘆息され、翠蘭は居心地悪さにうつむいた。そもそも選抜自体がやらせ同然なのだが、さすがにそこまでは言いづらい。

劉翔は眉根を寄せて独りごちた。

「兄上はすでに数多《あまた》の妃嬪を侍らせておられるというのに、まだ足りぬのか……？」

「皇弟殿下、どうかお嬢さまをお救いください」

ひれ伏して叩頭《こうとう》する侍女を、翠蘭は小声でたしなめた。

「やめなさい、深深。わたしが不敬であることは明らかなのよ」

「でも……っ」

「どうあっても後宮に入りたくないのだな？　間違いなく聖上はそなたを気に入るだろう。寵愛を受ければ栄耀栄華は思いのままなのだぞ」

なだめるような口調に、翠蘭は少し依怙地《いこじ》な気持ちでかぶりを振った。

「そのようなことに興味はありません。わたしが後宮に入ればきっと良くないことが起こります。わたしは……不吉なのです」

「何を言い出すんですか、お嬢さま」

深深がびっくりして翠蘭の腕を揺する。

「不吉とはどういう意味だ？」

不審がる劉翔に、深深が急いで弁明した。

「お察しくださいませ、殿下。お嬢さまは先頃お屋敷の階段から落ち、丸一日意識を失っておられました。そのときに御仏《みほとけ》の御告げを得られたそうなのです」

「御告げだと？」

面食らう劉翔に、こわばった顔で翠蘭は頷いた。

「わたしが後宮に上がれば天下が乱れる……と」

本当は御告げでもなんでもないが、前の世の記憶を要約すれば結局のところそういうことになる。

劉翔はまじまじと翠蘭を眺めて苦笑した。

「確かに、ご令嬢は傾国《けいこく》と呼ばれるに値する美貌の持ち主だ。あながち絵空事とも思えぬが……だからと言ってそのような若い身で出家を決意するのは、いささか性急すぎるのではないか」

「他にどうしようもないのです。聖上のお召しを辞退するためには髪を落とすしか……」

しばし劉翔は考え込んだかと思うと、やや上目づかいになってためらいがちに尋ねた。

「それだけか？」

「え？」

「後宮入りを拒むのは、他に理由があるのではないか？　たとえば……すでに言い交わした恋人がいる、とか」

かぁっと翠蘭は赤くなった。

「いません、そんな人っ……」

「正直に言っていいのだぞ。そうであれば私から聖上に諦めていただけるようお願いしてみる。これも何かの縁だ、好いた相手と一緒になれるよう、そなたの父も説得しよう」

「そっ、そのような人はいません！」

よりにもよって心を寄せる相手から言われて逆上してしまう。ただならぬ剣幕に、劉翔と深深が目を丸くする。

はたと我に返り、赤面して袖で顔を隠すと呆気に取られていた深深が急いで取りなした。

「殿下。わたしは幼い頃よりお嬢さまの側仕えをしておりますが、そのような殿方はいないと断言できます。いるとしたら定めし小説《よみもの》の中でございましょう」

「深深！」

泣きそうになって抗議すると、劉翔が破顔した。

「なるほど、深窓のご令嬢であれば無理もないな」

笑われて悔しかったが、劉翔の笑顔はけっして翠蘭を馬鹿にしてはいない。むしろ、何やらホッとしたような面持ちだ。

穏やかな微笑を浮かべて見つめられ、翠蘭はドキリとした。それは前の世で幾度となく翠蘭に向けられた表情だ。

いかにも武人らしい厳しく精悍《せいかん》な面差しが、翠蘭を見つめるときだけは柔和になる。それは固い蕾《つぼみ》がやわらかくほころび、開花と同時にかぐわしくも清涼《せいりょう》な芳香を漂わせるさまを連想させた。

前の世では、翠蘭にとって唯一の慰めだった優しく穏やかな表情は永遠に失われた。

下位の宮女と思い込んでいた『桃月』が、実は皇帝を籠絡し、政をゆがめる傾国の大姦婦・白昭儀だったと知って、劉翔の怜悧《れいり》な黒い瞳は驚愕《きょうがく》に見開かれた。

次いで大きな失望が現れ、激しい憤怒が閃《ひらめ》き……ついには冷ややかな侮蔑となって翠蘭を打ちのめしたのだった。

わずかな生きがいすら失った翠蘭は後宮という豪奢《ごうしゃ》な檻《おり》の中で虚《うつ》ろな日々を送った。優しかった劉翔を思い浮かべても、もはや胸が切り裂かれるように痛むだけだった。

誤解を解くすべもないまま彼の手にかかって死んだというのに、いかなる奇跡かこうしてふたたび思いやりに満ちた笑顔を向けられようとは――。

それだけでもう報われた気がして、感極まった翠蘭は潤んだ瞳で彼を見つめた。

前の世で翠蘭が心の底から希《こいねが》ったのはこれだけだ。愛情深く劉翔が見つめてさえくれれば、もうそれでいい。

それだけで、どんなつらいことにも耐えられた。希望が持てた。だから……それを失ったとき翠蘭の魂はすでに死んだも同然だったのだ。

魅入られたようにふたりが見つめ合っていると、いきなり馬車の外から野太い声が上がった。

「大将軍！　こそ泥を引っ捕らえました！」

我に返った劉翔が帳を開くとひげ面の武将がきびきびと拱手し、合図で進み出た兵士が布包みをふたつ差し出す。

「盗まれた荷物はこれに相違ないか？」

劉翔に問われて頷くと深深が歓声を上げた。

「ああ、よかった～！」

「なくなっているものがないか確かめてみたまえ」

包みを解いて確認すると、銀子の袋を始め、すべてもとのままだった。さいわい物色する前だったらしい。

「大丈夫です。ありがとうございました」

改めて礼を述べると劉翔は面映げに手を振った。

「見つけられてよかった。――しかし、あいにくとこのままそなたを尼寺へ行かせるわけにはいかぬ」

「はい……」

しゅん、と翠蘭はうなだれた。

たとえ翠蘭の身の上に同情してくれたとしても、立場上見逃すわけにいかないことはわかっている。逃亡に手を貸したりすれば劉翔まで皇帝を謀ったとして断罪される。絶対に彼を巻き込みたくはない。

「父君の命令どおり、宮女選抜を受けなさい。いいね？」

「……はい」

唇を噛み、悄然《しょうぜん》と翠蘭は頷いた。

(やっぱり、どうあっても後宮に入らねばならぬ運命《さだめ》なの……？)

前の世でも気は進まなかったけれど、その記憶があって何が起こるかわかっているからますます耐えがたい。しかも前の世では後宮に入るまで劉翔を知らなかった。

今生で図らずも出会ってしまい、いずれ彼に憎まれ、蔑まれることになるのかと思うと絶望感で胸が押し潰されそうだ。

もう二度とあんな目で見られたくない。それくらいならいっそ首を縊《くく》って死んでしまいたい。そうすれば少なくとも彼に憎まれることはないはずだ。ひょっとすれば哀れに思って線香の一本も上げてくれるかもしれないし……。

倒錯した希望を抱いたとたん、劉翔が見透かしたように翠蘭をじっと見つめた。

「……まさかとは思うが、何か妙なことを考えているのではなかろうな」

ぎくっと肩をすくめると彼は溜め息をついた。

「どうしても後宮に入りたくないというそなたの気持ちはわかった。だが、逃げても事態を悪化させるだけだぞ。聖上の機嫌を損ねれば、そなたの父はよくて左遷、下手すれば斬首《ざんしゅ》されかねない。聖上は……ひどく猜疑心《さいぎしん》の強い御方《おかた》だ」

憂いがちに呟いた劉翔は、励ますようににこりと翠蘭に微笑みかけた。

「此度《こたび》の帰還は戦勝報告のためだ。北西で境を接する旻《びん》との戦がようやく終結した」

「それはおめでとうございます！」

翠蘭は急いで拱手拝礼した。

十年ほど前、瓏は国境を越えて旻国の軍団に侵入され、北西部の複数の州を奪われていた。幾度も討伐軍が差し向けられたが、奪われた領土を奪還するには至らなかった。

業を煮やした皇帝は七年前、異母弟の劉翔が十六歳になると同時に驃騎大将軍に任じ、諸州を奪い返すまで帰国は許さぬと厳命して辺境へ送り込んだのだ。

「報告書は早馬ですでに上げてある。聖上はたいそうお喜びだそうだ」

「もっともなことです」

「帰還に伴い、瓏国に下る旨を記した旻王の約定書の他に、人質として王族を連行した」

劉翔は一旦言葉を切り、考え込むような口調で続けた。

「若い公主で、後宮の妃嬪に加えてほしいと差し出されたものだ。かなりの美女だからきっと聖上のお心に留まるだろう。そうなれば必然的に宮女選抜への関心は薄れると思う」

翠蘭は曖昧に頷いた。

「……そうなれば、いいのですけど」

「あのぅ。新しいお妃を迎えれば宮女選抜は中止になったりは……？」

尋ねた深深に劉翔がかぶりを振る。

「詔《みことのり》はそう簡単に撤回できない。しかし聖上の熱意が薄れれば、実際に選抜を行うことなく家へ帰す可能性は高まるだろう。最終的には聖上が自ら面接して採用を決めるが、旻の公主に関心が集中していれば面倒がって全員不採用にするかもしれない。聖上が望めば宮女選抜などいつでも行えるからな」

単に先のばしになるだけだが、その間に逃げ道を探すことができるかもしれない。

「なんだか旻の公主に申し訳ないような気がします……」

呟くと劉翔は苦笑した。

「そんなことはないさ。向こうは政略結婚と承知の上だ。何がなんでも聖上の寵愛を受け、戦に破れた故国の立場を向上させたいと願っている。そなたが後宮に上がれば競争相手が増えるだけだから、むしろ絶対来てほしくなかろう」

深深が得意げに胸を張る。

「そうですよね！　お嬢さまと並べばみんな霞《かす》んじゃいますもの」

「やめてよ、深深」

翠蘭は困惑して侍女を睨んだ。

「宮女選抜は明後日だったな？　では、今日中にもさっそく戦勝報告がてら旻の公主を聖上に引き合わせるとしよう」

頷きながらも浮かない顔の翠蘭に劉翔は苦笑した。

「不安なのはわかる。けっして悪いようにはしないから、ここは俺を信じてひとまず家に戻ってほしい」

「……わかりました」

腹を決めて翠蘭は頷いた。

劉翔は安請け合いなどしない人だ。信じろと言うからには、きっとなんらかの手を打ってくれるはず。

このまま乗っていくといいと言い置いて出て行く劉翔を、翠蘭は拱手して見送った。

◇◇◇

馬車から降りた劉翔は、垂れ目ぎみの武将がニヤニヤしていることに気付いて眉をひそめた。

「なんだ、禄存《ろくそん》？」

「いやぁ、嬉しくて。大将軍が女子《おなご》に見惚《みと》れるのは初めて見ましたよ」

「それがどうした。俺とて木石ではない」

ぶっきらぼうに応じるとますます禄存はだらしなく笑み崩れた。

「そうそう、木石でないとわかって安心しました。なんたって、あの色気むんむんの異国の公主に流眄《ながしめ》を送られても眉一筋動かさなかったんで、ちょっと心配してたんですよ〜」

「宣媚《せんび》公主は聖上の妃になることが決まっている。つまりは義理の姉だ」

「そりゃそうですけど。……うん、大将軍の好みがわかりましたよ！　初々しい仙女のような女子がいいんですよね。たとえば西王母《せいおうぼ》の娘、雲華《うんか》夫人《ふじん》揺姫《ようき》みたいな？」

「勝手に言ってろ」

辟易《へきえき》して劉翔は肩をすくめ、ふと空を仰ぎ見た。青空に細い月が浮かんでいる。ふいに鼻腔《びこう》をほのかに甘い香りがかすめた。

瞬間、月明かりに照らされた満開の桃園に佇《たたず》む人の姿が脳裏をよぎる。

「桃……？」

思わず呟くと禄存が目をぱちくりさせた。

「えっ、桃が食いたいんですか？」

劉翔は我に返って顔をしかめた。

「──馬鹿。花だよ。今、桃の花の香りがしたんだ」

「気のせいでしょう。花の時季《じき》はとっくに終わってます。まだ実が熟すにはちょっと早いな。

——ああ、むしょうに食いたくなってきた。京師《みやこ》の市場へ行けば早生《わせ》が出てるかもしれん」

暢気《のんき》に舌なめずりする禄存を呆れて見やり、劉翔は愛馬に跨がった。

「出発だ」

◇◇◇

隊列が動き出した。懸命に歩いてきた道を逆戻りするのを、馬車の窓から覗いて翠蘭は溜め息をついた。

京師の城門をくぐると周囲で大歓声が巻き起こった。窓覆いがあるので覗かれるおそれはないとわかっていても、翠蘭は馬車の中で深深と手を取り合ってひたすら身を縮めていた。

しばらくすると馬車が止まった。窓から覗いてみるとどうやら官邸の前らしい。ふたたび劉翔が乗り込んできて、白家の場所を尋ねた。馭者《ぎょしゃ》にそれを伝え、馬車が動き出す。

ふたたび馬車が止まると、白家の門前に到着していた。

門衛の報告を受けて慌てふためいて飛び出してきた父の呉徳は、驃騎大将前の馬車から娘が降りてきたのを見て卒倒しそうになった。

劉翔は、京師に入ってから翠蘭と出会ったと説明した。隊列と接触して怪我をさせてしまったと詫《わ》び、事情を聞いてねんごろに言い含めて本人も納得したので叱らないようにと口添えしてくれた。

皇族でもある驃騎大将軍に頭を下げられて父は恐懼《きょうく》感激し、幾度となくぺこぺこ拱手拝礼した。劉翔は翠蘭に軽く頷いてみせると馬車に乗って去っていった。

劉翔のおかげで怒鳴られずには済んだものの、翠蘭は憤懣《ふんまん》やる方ない父からがみがみとお説教をくらい、厳重な見張り付きで房室《へや》に閉じ込められた。

食事も湯浴《ゆあ》みも邸《やしき》の侍女たちに見張られて一日を過ごし、翠蘭は宮女選抜の日を迎えたのだった。

第三章　落花流水《らっかりゅうすい》

翠蘭は異母姉妹の銀枝と梅花とともに馬車で宮城へ向かった。

宮女選抜では全員が朝廷より支給された薄緑の襦裙を着る。髪も小さな髷《まげ》に銀の簪を一本挿すだけで、残りは背中に垂らしておく。

銀枝と梅花は聞こえよがしに厭味《いやみ》を言い続けた。

「そんなに厭なら馬車から飛び下りて脚でも折ったらどう?」

「下剤を服《の》むのはどうかしら?　厠に籠もっていればお呼びはかからないわよ」

などと言っては声高に嘲笑《あざわら》う。これが名目だけの選抜であることはふたりとも重々承知しているが、引き立て役にされるのは自負心が許さない。

これまでずっと翠蘭は最下位の存在だった。たとえどんなに美しかろうが母親は卑しい奴婢。きょうだい間の格付けは生まれた順より母親の身分がものを言う。

当然、正妻の産んだ子が最上位で、側室がそれに続く。側室はまだ正式な妻と認められるが、側女はただの妾《めかけ》である。

しかも翠蘭の母は邸の使用人だったから、他のきょうだいたちは翠蘭のことを召使に毛が生えた程度にしか思っていなかった。

そんな娘を、いくら器量が良いからとて父が真っ先に後宮入りを画策するのがどうにも気に食わないのである。母親の身分が高い自分たちのほうを優先すべきではないか。

しかし翠蘭を蹴落とすような真似《まね》をすれば下っ端官吏に側室としてくれてやるからな、と父親にきつく申し渡されている。下っ端官吏の妻になどなりたくないし、側室として正妻のご機嫌を窺うのはもっと厭だ。

特に梅花には翠蘭を階段から突き落とした前科がある。翠蘭は黙っていたが、目撃していた召使から父に伝わってしまった。それを梅花は翠蘭が告げ口したものと逆恨みしていた。

それでもふたりはまだ諦めがつかないようだ。いくら美人でも頑《かたく》なで愛想のない翠蘭を実際に見れば、皇帝も嫌気が差すかもしれない。

そうなれば自分たちが注目される機会もあるかも……いや、きっとあるはずだ！

ふたりはわずかばかりの可能性に賭け、念入りに肌と髪の手入れをし、婀娜《あだ》な目つきやしなを作る練習をした。選抜では衣服や装飾品で競うことはできないからだが、教養課目についてはまるで考慮しなかった。そういうところだけは、どうせやらせだからと舐《な》めているのだ。

宮城に到着すると百人近くの宮女候補が列をなしていた。目当てが翠蘭だったとしても、これだけ候補者がいれば皇帝が目移りする可能性も確かにあるかもしれないとわずかな希望が芽生える。

いっそ銀枝か梅花が選ばれればいい、と翠蘭は考えた。娘のどれかが選ばれれば父の目的は達成できるのだし、これ以上姉妹からの怨嗟《えんさ》を買わずに済む。

宮殿に入って順番を待つ。まだ先頭の娘が呼ばれもしないうちに白毛の払子《ほっす》を持った地位の高そうな太監がやってきて、独特の節回しで甲高い声を張り上げた。

「白翠蘭はおるか？　白三娘、翠蘭は名乗り出よ」

凍りついたように立ちすくんでいると、チッと舌打ちした梅花が邪険に翠蘭を列から押し出した。たちまち太監が近づいてきて翠蘭は急いで拱手した。

「そなたが白翠蘭か？」

「は、はい」

「ついて参れ」

否応《いやおう》なく翠蘭は太監の後に続いた。その背後を部下の宦官たちが固め、護送されるかのような格好になる。

ざわざわと宮女候補たちが不審げな目を向けた。白家の姉妹以外はこの選抜がやらせ同然であることを知らない。それでも翠蘭の顔を見れば見当がついたらしく、隣同士でひそひそ話をしながら羨望と敵意のこもったまなざしで見送った。

一方翠蘭は絶望で眩暈がしそうだった。まだなんの審査も受けていないのに、いきなり呼び出されるなんて。

（まさか、このまま後宮に入れられてしまうの……⁉）

泣きたくなるのを懸命に堪え、太監の後に従う。選抜会場の宮殿を出て、朱塗りの欄干のついた歩廊を延々と歩かされ、幾つもの門を越え、院子《なかにわ》を通り抜ける。

やがて大理石の甃《いしだたみ》が敷きつめられた広大な院子に出た。両脇には槍を持った衛兵が直立不動で立ち並んでいる。

驚くほど幅の広い階段を上っていくと、殿舎の入り口に『太極殿』の扁額《へんがく》がかかっているのが見えた。いつのまにか宮城の中心部である太極宮の敷地に入っていたのだ。

殿舎の入り口で太監が拱手拝礼し、言上する。

「白翠蘭を連れて参りました」

「入れ！」

奥から割れ鐘のような声が響き、びくびくしながら翠蘭は豪奢な絨毯《じゅうたん》の上を進んだ。文官と武官が二列に別れてずらりと並んでいる。列の間にひとりだけ竚立《ちょりつ》している人物の斜め後ろで跪き、拱手しながら床に額付いた。

「立て」

ぶっきらぼうに命じられておずおずと立ち上がり、絨毯に視線を落としたまま両手を腹部の前で重ねる。緊張のあまり、こめかみがずきずきした。

「顔を上げよ」

焦れたように命じられ、覚悟を決めて階《きざはし》を仰ぎ見る。贅を尽くした玉座の上から見覚えのある男が見下ろしていた。

今上帝、烏骨該零《がいれい》。

間違いない、前の世で翠蘭を後宮に召し上げ、初夜に卒中で倒れた皇帝だ。

年齢は四十五歳のはずだが、長年にわたって美食と荒淫に耽《ふけ》る生活を続けたせいで顔色は黒ずみ、五本の爪を持つ二本角の龍《りゅう》が刺繍《ししゅう》された黄錦の朝服に包まれた巨体からは饐《す》えたような頽《くず》れた雰囲気が漂っている。

皇帝は意表を突かれた様子で玉座から身を乗り出し、まじまじと翠蘭を見つめた。

反射的に視線を玉座の足元に落とす。そうやって凝視されるだけで皮膚の上を虫が這《は》い回《まわ》るような感覚にぞわぞわした。

足元が崩れるような絶望感に打ちのめされていると、皇帝が不満げな溜め息をつくのが聞こえた。

「――この女で間違いないのか、劉翔よ」

(え……?)

思いがけない名前が皇帝の口から飛び出し、翠蘭は反射的に顔を上げた。斜め前に立っていた人物が肩ごしに振り向いて微笑む。

彼は翠蘭に小さく頷きかけると皇帝に視線を戻して拱手した。

(劉翔さま……⁉)

「はい、兄上。間違いございません」

「そうか」

皇帝は憮然《ぶぜん》と鼻息を洩らした。

「文武百官の前で約束したからには認めるしかないな。──白翠蘭」

「は、はい」

慌てて拱手する翠蘭に、皇帝はいかにも残念そうな声音で告げた。

「そのほうに婚姻を授ける。我が異母弟《おとうと》、驃騎大将軍・劉翔の正室となるのだ。よいな」

翠蘭は唖然として玉座の皇帝を見上げた。皇帝が肉厚な唇に期待を滲ませる。

「もしや不満か?」

「──と、とんでもございません！　ありがたき幸せに……存じます……」

混乱しながら翠蘭は跪いて拱手拝礼した。劉翔が優しくその手を取って立ち上がらせる。

(どういうこと……?　わたしが劉翔さまの正室って……)

劉翔は皇帝に向かってうやうやしく拱手拝礼した。

「では、兄上。早速にも婚儀の打ち合わせに入りたいと存じます」

「うむ。下がってよい。勅書《ちょくしょ》は追って届けさせよう」

「恐れ入ります」

劉翔はもう一度拱手した。

わけがわからないまま翠蘭は劉翔に連れられ、太極殿を後にしたのだった。

宮城の一角にある驃騎大将軍の政務用殿舎に案内され、翠蘭は呆然と居間の榻《ながいす》に座った。侍者がすぐに茶を持って現れる。

夢を見ているような気分で香り豊かな茶を飲み干し、どうにか正気を取り戻した。

「あ、あの。これは一体どういうことなのでしょうか、殿下……？」

上等な青磁の茶器をコトリと卓に置き、劉翔は照れたように頬を掻いた。

「いや、後宮に入らずに済ませるには別の人間と結婚してしまうのが一番だと思ってな。それで兄上から戦勝の褒美は何がよいかと訊《き》かれたとき、妻を娶りたいとお願いした。兄上は快諾してくださった。望みの女子を娶るがよい、と」

さらに劉翔は選んだ女子が誰であろうと許してもらえるかと念を押した。勝利に加え、美しい異国の公主を手に入れてご機嫌な皇帝は、たとえ人妻であってもかまわぬぞ、などと冗談を飛ばした。

居並ぶ朝臣《ちょうしん》たちの前で、望む女が誰であろうと結婚を許可すると皇帝が言明するのを待って、劉翔は初めて翠蘭の名を出した。

白翠蘭と結婚したいと言われ、さすがに皇帝は驚いた。まさかその名が出てくるとは思いもしなかったのだ。

劉翔は翠蘭の父に言ったことを繰り返した。京師《みやこ》の街路を宮城に向かって行軍中、見物していた翠蘭と軽い接触事故を起こしたのだ、と。

呉徳への説明と異なるのは、そのとき翠蘭に一目惚《ひとめぼ》れしたということ。

ぜひとも白翠蘭との婚姻を許可していただきたいと請われ、皇帝は渋面になった。しかし自分が先に目をつけたのだから駄目だとも言えない。

ひとまず宮女とする予定だったので、妃嬪とする詔は出していなかった。最初から合格が決まっていても、選抜に通らないかぎりは候補者に過ぎないのだ。

皇帝として居並ぶ百官を前に自ら言明したことを取り消すわけにはいかない。劉翔が褒賞として望んだのは翠蘭との婚姻のみである。

大きな戦功を上げた弟の、たっての願いを拒否しては体裁が悪い。渋々ながら認めるしかなかった。

「その時点ではまだ、兄上はそなたを絵姿と伝聞でしか知らなかった。昨日新しい妃を迎えたばかりで、そなたを手に入れようという熱意も下がっていた」

「旻の公主さまですね？」

「ああ。予想どおり兄上は宣媚公主をいたくお気に召した。公主に淑妃《しゅくひ》（正一品の四妃の二番目）の位を与え、さっそく殿舎にこもった。昨日の朝議には顔も出さなかったよ」

劉翔は苦笑いした。

「そなたを実見すると惜しくなったようだが、すでに婚姻の許可を出した後だ。軽々しく前言撤回などできない。まぁ、公主を気に入ったというのがやはり大きかっただろうな。降伏したとはいえ一国の姫だ。ぞんざいに扱えば外交問題に発展しかねない」

頷く翠蘭にもう一杯茶を勧め、劉翔は表情を改めた。

「勝手に話を進めたことは悪かった。このとおり、謝罪する」

拱手して頭を下げられ、翠蘭は慌てた。

「おやめください。お気遣いいただき、感謝しております」

「怒ってはいないか?」

「そんな、怒るなんて……」

翠蘭は顔を赤らめた。劉翔にすれば一昨日出会ったばかりだが、翠蘭は前の世で何度も逢《あ》っているのだ。

誤解され、憎まれ蔑まれても彼に対する気持ちは変わらなかった。悲しみに暮れながらも恋い慕わずにはいられなかった劉翔の妻になれるなんて夢みたいだ。

「先日も訊いたが、本当に好いた男はいないのだな?」

「……いません」

あなたです、と言いたいのを堪えて翠蘭は頷いた。

もしかしたら、言ってしまってもいいのかも……？　今生では劉翔は翠蘭を誤解していない。憎んでいない。月下の桃園で出会った彼のままだ。

迷う翠蘭には気付かず、劉翔は照れくさそうに微笑んだ。

「そうか、よかった。……実は一目惚れだったのだ」

「え……」

「かぶっていた笠を撥ね飛ばし、そなたの顔を見たとたん、なんというか、こう……」

言いよどんで彼は朝服の胸元を掴んだ。

「胸が張り裂けそうになった。変な言い方だが……なんなんだろうな。喜怒哀楽がごちゃまぜになって、嵐のように吹き荒れたのだ」

彼は溜め息をついて苦笑した。

「で、考えた挙げ句、おそらくこれが一目惚れというものではないかと思い至った。そなたに好いた男がいないのであれば、妻に迎えようと決意した。今はだめでも、大事にすればいつか俺を好きになってもらえるかもしれない、と」

いつかどころか、もうとっくに好きになっているのに！

翠蘭は熱くなった頬を袖で隠した。

「……わ、わたしは……。その、わたしの気持ちも、殿下と同じ……と言いますか……」

「本当か⁉」

目を輝かせて劉翔が身を乗り出し、翠蘭は思い切ってこくりと頷いた。

「そうか。いや、それは嬉しい。嬉しいぞ」

劉翔はにっこりと笑顔になった。武人らしく精悍で端整な面持ちが眩《まばゆ》いばかりだ。

「俺の妻になってくれるか？」

手を握って問われ、目を潤ませて頷く。

「はい」

どうしよう。こんな奇跡があっていいのかしら？

前の世では誤解を解くこともできず劉翔の手にかかって死んだけれど、今生では彼の正式な妻として生きられるのだと思うと、嬉しすぎて翠蘭は感無量だった。

◇◇◇

その夜、瓏国皇帝・烏骨該零は豪華な牀榻《しんだい》の中で娶ったばかりの旻の公主を抱きながら、別の女子のことを脳裏に思い描いていた。

（まさか、白翠蘭があれほどの美女だったとは……）

美しい女子だということは以前から聞いていた。念のため腹心の太監に確認させたのだから間違いない。

献上された絵姿と寸分違わぬ美貌だと太監は請け合った。ほっそりとなよやかで、まるで仙女のごとき美しさだと。

後宮では数多の妃嬪が妍《けん》を競っているものの、仙女と形容されるような美女はいない。皇帝が艶冶《えんや》で肉感的な美女を好むため、必然的にそのような容色の者が多い。

たまに違う雰囲気の女を抱くこともあるが、どうもおもしろみがなく一度で飽きてしまう。

しかし仙女のごとき美女であれば、少なくとも何度か通うくらいには楽しめるだろう。肉感的な美女が好みと言ってもそればかり続けば食傷する。

たまには趣向を変えて細身の慎ましやかな肢体で口直しをするのもいい。そうすればまた豊満な肉体を新鮮な気分で楽しめる。

そう思っていたところに突然現れたのが、長年敵対していた旻国の公主・宣媚だった。彼女もまた今まで後宮にはいなかった雰囲気の持ち主で、たちまち皇帝の関心を惹きつけた。

熟れ爆《は》ぜる直前の果実のごとき肉感的な身体つきからは、異国的で野性味あふれる香りが濃厚に立ち上っていた。

妖艶な肉体を皇帝は夢中で貪った。このところ精力減退気味だったが、宣媚には何度挑んでも足りなかった。久々に悦楽を満喫した皇帝は、翌日の朝議で劉翔が翠蘭の名を出すまで、その存在も宮女選抜のこともすっかり忘れていた。

前日、御前で戦勝報告をした劉翔は、褒美は何がいいかと尋ねられるとしばし考えさせてほしいと返答を保留した。

昔から年の離れた異母弟に敵愾心《てきがいしん》と警戒心を抱いていた皇帝は、何を望むつもりかと気が気でなかった。文句のつけようのない大勝利を収めて帰還したのだから、よほどの高望みでなければ臣下の手前叶えてやらざるを得ない。

しかし、翌日の朝議で劉翔が望んだのは意外にも婚姻の許可だけだった。ホッとするあまり、思わず人妻でもかまわんなどと言ってしまったが、重臣の正室とかでもない限り、望みを叶えてやるにやぶさかではなかった。

たとえ後宮の女でも、お気に入りの数名以外なら問題ない。娶ったばかりの公主をくれと言われたらさすがに困るが、そのつもりなら差し出す前に願うはずだ。

劉翔が口にした名前はまったく予想外だった。白翠蘭——ひとまず宮女として召し抱え、折りを見てお手つきにするつもりだった女子を望まれて、皇帝は当惑した。

そのときになって今日は宮女選抜だったと思い出したが、時すでに遅し。

最初から翠蘭を選ぶつもりだったので、腹心の太監たちに采配を任せきりにしていた。劉翔が翠蘭と結婚したいと言い出さなければ、適当なところで太監から連絡が入って形ばかりの面接に臨むはずだった。

劉翔は翠蘭が宮女選抜に来ていることも知っていて、ここに呼んでほしいと願った。望みはなんでも叶えると言ってしまった手前、呼び出さざるを得ない。

そうして連れてこられた翠蘭を一目見て、皇帝はほぞを噛んだ。それは太監の言葉どおり、仙女のごとく清らかな面差しの手弱女《たおやめ》だったのだ。

（……まぁ、いい。近い内に手に入れてやるさ）

ふたたびすり寄ってきた宣媚を組み敷きながら、皇帝は内心で残忍にほくそ笑んだ。

第四章　華燭《かしょく》の典《てん》

劉翔と翠蘭の婚礼は半月後の吉日と決まった。劉翔との婚姻を命じる勅書を受け取った白呉徳は、うやうやしく拝受しながらも少し残念そうだった。

しかし皇弟との婚姻も悪くないとすぐに思い直したらしい。劉翔は瓏国軍を率いる驃騎大将軍。華々しい戦功を上げ、民の人気も絶大だ。

その正室に納まったのが我が娘なのだから喜ばしいではないか。

慌ただしく準備が進められる中、劉翔は三日と空けずに会いに来てくれた。瓏国の兵権を持つ彼がとても忙しいことはわかっていたが、顔を出してくれるとやはり安心できる。

前の世の記憶が時折ひどく鮮明に頭をもたげることがあり、そのたびに不安に襲われた。何もかもが死に瀕《ひん》した自分が見ている幻覚に過ぎないのではないか、と。

劉翔に愛されたかったという願望が見せる、都合のよい幻。本当はもう自分は崖から落ちて死んでいるのでは……？

劉翔の闊達《かったつ》な笑顔だけが、そんな埒《らち》もない不安を打ち消してくれる。頬に触れる彼の指のしっかりした感触や握った手のあたたかさは翠蘭を安心させた。

日に日に翠蘭の房室《へや》には嫁入り支度が増えていった。真紅の絹地に金糸で縫い取りをした婚礼衣装。豪華な黄金の装飾品。季節ごとの衣装や日用品を収めたたくさんの長櫃《ながびつ》。

皇族と縁戚関係を結びたいだけで、娘として翠蘭を愛しているわけではなくても、呉徳は物惜しみはしなかった。単に投資を上回る見返りを期待しているだけかもしれないけれど、それでも翠蘭は心から父に謝意を述べた。

婚礼の当日、翠蘭は真紅の花嫁装束に身を包み、やはり真紅の薄紗《はくさ》を顔に垂らして、新郎側から差し向けられた花轎《かきょう》（花嫁が乗る轎《かご》）に乗った。轎はめでたい鶴が刺繍された房飾り付きの豪華な紅錦で包まれている。

轎の後ろには持参財を担いだ人足が続き、見物人が列をなした。

驃騎大将軍の官邸前では同じく真紅の婚礼衣装をまとった劉翔が待っていた。邸中がお祝いの赤い布で飾りたてられている。

深深の手を借りて轎から降りる。地面には緋毛氈《ひもうせん》が門を越えて院子《なかにわ》まで続いていた。

花嫁と花婿が並ぶと、召使たちが押し寄せた見物人に御祝儀銭をばら撒《ま》いた。先を争って銭を拾い集め、人々は口々にお祝いの言葉を叫んだ。

赤い花綱《はなづな》の両端をそれぞれに持ち、祭壇の儲《もう》けられた院子へ進む。そこへ皇帝と皇后の来訪が告げられた。黄錦の袍服姿の皇帝と、美しい襦裙に透ける領巾《ストール》をはおった皇后を拱手して迎える。

皇后が翠蘭の横を通りすぎると、高髻《こうけい》（高く結い上げた髪）に挿した黄金の歩揺《ほよう》（揺れる飾りのついた簪）が涼やかな音を立て、衣服に焚《た》きしめられた伽羅《きゃら》がふわりと香った。

面紗《ヴェール》の下で、翠蘭は冷や汗をかいていた。皇后には前の世でも会っている。名家出身で気位《きぐらい》の高い皇后は、翠蘭を傾国に仕立てた張本人と言っていい。

皇后は皇帝が卒中を起こして寝たきりになっても翠蘭を責めはしなかった。すでに夫に対する情は消《き》え失《う》せ、皇后の頭にあったのはこの状況を利用して自分と身内の権勢を広げることだけだった。

皇后は翠蘭が皇帝の寵愛を独占していると見せかけ、他の妃嬪たちを復讐《ふくしゅう》がてら片づけていった。太監たちを買収し、宰相を務める兄とともに政を恣《ほしいまま》にした。自らの奢侈《しゃし》をすべて翠蘭に押しつけたのも彼女である。

面紗のおかげで直接顔を合わせずに済んで、翠蘭は心底ホッとした。

皇帝夫妻が席に着き、結婚式が始まる。先祖と天地、皇帝夫妻に礼拝を行い、夫婦間で拝礼し、皇帝が結婚の成立を宣言して無事に儀式は終わった。

舐めるような目つきでじろじろと見られて面紗越しにもかかわらずゾッと鳥肌が立ったが、さいわい皇帝は宴には出ずに帰っていった。

翠蘭は一足先に新婚夫婦の寝室へ入り、劉翔が来るのを待った。寝室もめでたい赤一色に飾りたてられ、卓子《テーブル》には酒杯と軽食が並べられている。

面紗をかぶったまま牀榻《しんだい》の端に腰掛けて待っていると、婚礼衣装の劉翔が入ってきた。彼は隣に腰を下ろし、面紗越しにじっと翠蘭を見つめた。

彼の手が伸びて面紗にかかると一気に鼓動が跳ね上がる。夫が新妻の面紗《ヴェール》を取ることで、最終的に婚姻が成立するのだ。

そっと面紗を持ち上げた劉翔は、あらわになった翠蘭の顔を感極まった表情で食い入るように見つめた。

「……これで夫婦《めおと》だ」

「はい」

感動に打ち震えながら翠蘭は頷いた。瞳が潤み、紅を引いた唇がかすかに震える。彼は顔を傾けたが、ふと思い直した様子で背を伸ばした。

「床杯がまだだったな」

彼は卓子に歩み寄り、ふたつの銀杯に酒を注いで持ってきた。見つめ合いながら小さく杯を合わせ、一気に飲み干すと胃の腑《ふ》がかあっと熱くなる。

空になった杯を卓子に戻し、彼は翠蘭の髪に挿した豪華な黄金飾りをひとつひとつ丁寧に外し始めた。それが終わると真紅の婚礼衣装を脱がせ、互いに汗衫《したぎ》姿になって褥《しとね》に横たわる。

劉翔は翠蘭の艶《つや》やかな黒髪を優しく撫でた。

「前にも言ったが、そなたの顔を見たとき何故か初めて会ったとは思えなかった」

「……わたしもです」

感極まって囁《ささや》き声を返すと、劉翔は微笑んで愛おしげに翠蘭の頬を撫でた。

「前世で出会ったのかもしれないな」

思わず動揺した翠蘭を見つめ、劉翔が顔を近づける。優しく唇が重なった。あたたかな唇の感触に泣きたくなるほど胸がときめいた。

彼の手が汗衫《したぎ》の襟にかかる。胸元が大きく開かれると同時に翠蘭はぎゅっと目を閉じた。

劉翔のがっしりとした手が意外なほど優しく乳房に触れた。まるで壊れ物を扱うかのように慎重な手付きだ。

ほぅと彼は溜め息をついた。

「絹のような手触りだ……」

つくづくと感心したような口調に恥ずかしくて目を開けられない。そうするうちに汗衫《したぎ》を取り去られ、さらに衣擦《きぬず》れの音が続く。ふたたびくちづけた劉翔が頬を撫でて囁いた。

「目を開けて」

おそるおそる目を開けると鼻のあたまがくっつきそうな距離で彼が甘い苦笑を浮かべていた。

「怖がらなくていい。無理強いはしないから」

「いえ、怖いわけでは……」

慌ててかぶりを振り、すでに劉翔も裸体であることに気づいて、かあっと頬が熱くなる。

「厭ではないのだな？」

「そんなわけありません！」

「厭だったら遠慮なく言うのだぞ。そなたにつらい思いはさせたくない」

「つらいことなんて……。こうして劉翔さまに娶っていただけて、わたしはこのうえなく幸せです」

「そう言ってもらえて嬉しいよ」

劉翔はくすぐったそうに笑った。

「好きです、劉翔さま」

思い切って告げると、彼は目を瞠《みは》り、とろけそうな笑みを浮かべた。

「ああ、俺もそなたが愛しい。こんな気持ちになったのは生まれて初めてだ」

ぎゅっと抱きしめられ、鼓動が跳ね上がる。嬉しくてもう翠蘭は泣きそうだった。

彼に抱擁されることをどれほど夢見たことだろう。けっして叶わない夢と知りつつ、想像すれば幸福感に浸れた。

雲か霞《かすみ》のように儚い夢だった。それがこうして叶う日が来るなんて信じられない。

「……これは本当に現実なのでしょうか。夢を見ているとしか思えません」

思わず呟くと劉翔が笑って唇を吸った。

「夢などにしてもらっては困る。そなたを現実に妻にできなければ意味がない」

おどけたように言って劉翔は翠蘭の顔一面に甘いくちづけを降らせた。思わず翠蘭は笑い声を上げた。

「くすぐったいです、劉翔さま」

「ならもっとくすぐってやろう」

脇腹や腿《もも》を大胆に撫でさすられ、悲鳴まじりの笑い声を上げる。牀榻《しんだい》をしばし転げ回り、気がつくと息を切らせながらじっと見つめ合っていた。

劉翔の黒曜石の瞳に愛と欲望がないまぜになって浮かぶ。魅入られたように声もなく見返す翠蘭を、彼は荒々しく組み敷き、唇をふさいだ。

先ほどの甘やかすようなくちづけとはまるで違う、剥き出しの欲望をぶつけられて翠蘭は目を瞠ったが、怖いとは思わなかった。狂おしく求められるのが嬉しくてたまらず、逞《たくま》しい彼の背に腕を回してしがみつく。

がむしゃらなくちづけに息苦しくなって反射的に口を開けると、待ち構えていたように舌が滑り込んできて翠蘭は目を白黒させた。

反射的に彼の肩口を叩いても一向にやめる気配はない。どうしてこのようなことをするのかと訝《いぶか》しみつつ厭というわけでもなく、どうにか鼻で呼吸しながらなすがままになっているうちに次第に恍惚《こうこつ》とした心持ちになってきた。

舌を絡め、吸われるのが気持ちいいだなんて、考えたこともなかった。気がつけば翠蘭はおずおずと拙い動きで濃厚なくちづけに応じ始めていた。

「ん……っふ……ぅ」

劉翔が熱い吐息を洩らし、さらに執拗《しつよう》に舌を吸いねぶる。ちゅぷちゅぷと唾液の絡む淫らな音に否が応にも昂奮を掻き立てられ、翠蘭は潤んだ目をぎゅっと閉じた。

ふたたび彼の大きな掌《てのひら》が乳房を包み、やわやわと揉《も》みしだく。さっきよりも強く、忙《せわ》しない動きだったが、それでも彼が懸命に自分を抑えようとしていることに翠蘭は気付いた。

ごつごつした肩をそっと撫でると、彼はようやく唇を離し、恥じたように顔を赤らめた。

「すまん。あまりに嬉しくて、ついがっついてしまった。そうっと慎重に扱わねばならないとわかっているのだが……」

「大丈夫です、劉翔さま。わたし、そんな簡単に壊れません」

「そうか？　ちょっとでも力を入れたらぽきりと折れてしまいそうだぞ」

本気で不安がる様子にちょっと笑ってしまう。

「それは、劉翔さまのような武人に乱暴に扱われたら確かに大変なことになりそうですけど。でも……劉翔さまにぎゅっとされるのは、わたし……好きなんです」

「こ、こうか？」

おそるおそるといった風情で劉翔が翠蘭を抱きしめる。

「はい。こうされると、すごく幸せです」

「そうか……。俺も幸せだ」

しみじみと呟いて、彼は翠蘭の背を撫でた。

「正直言って、加減がよくわからぬのだ。痛かったら言ってくれよ?」

「はい」

頷くと彼は安堵した様子でふたたび翠蘭の身体をまさぐり始めた。武骨で朴訥《ぼくとつ》なしぐさが却《かえ》って嬉しい。翠蘭は安心して身をゆだねた。

初夜の床でどうふるまうべきか、亡くなった母に代わって翠蘭に教えてくれる人はいなかった。父もそこまでは気が回らなかったのだろう。

不安はあったが、一方で劉翔になら何をされてもかまわないと思ってもいた。前の世で一度だけ彼に抱きしめられ、くちづけられた記憶。ほんの数分の至福の記憶だけが、その後の翠蘭の生きるよすがだったのだ。

今こうして隔てるものなく抱き合い、劉翔への想いは増す一方だった。あのときと同じ、力強く、それでいて慈しみにあふれた抱擁。泣きたいくらい幸福な、この瞬間。

「……わたし、劉翔さまになら何をされてもいいんです。だからどうぞ、お好きなようになさってください」

彼の背を撫でながら思わず口走るとまじまじと見つめられ、急に恥ずかしくなる。何かおかしなことを口にしてしまっただろうか。

彼は苦笑して翠蘭の鼻をちょんと突いた。

「迂闊《うかつ》にそのようなことを言わぬほうがいいぞ。格好つけていようと俺も男なのだからな」

「それはわかっていますが……？」

劉翔は身を起こし、きょとんとする翠蘭を見下ろした。内腿《うちもも》に何か固いものが触れ、何気なく視線を向ける。引き締まった下腹部から生え出た太い角のようなものが、翠蘭の腿をしきりに小突いていた。

「……！」

それが何か思い至り、翠蘭は反射的に悲鳴を上げて目を覆った。

「ごめんなさい、見てません！」

「いや、見てもらって全然かまわないのだが」

苦笑する劉翔に、目を覆ったままふるふるとかぶりを振る。

「やはり怖いか」

「よ、よくわかりません……」

指の隙間からおずおずと目を覗かせ、やっぱり直視するのは恥ずかしくて顔を覆って悶《もだ》えていると、くっくと劉翔が楽しげに笑った。

「かわいいな、翠蘭は」

愛しげに名を呼ばれてドキドキしてしまう。

「朝まではまだまだ時がある。じっくりとお互いを知ろうではないか」

「は、はい」

頷いたとたん、ちゅ、とくちづけられる。

「俺との接吻《せっぷん》は好きか」

目を丸くした翠蘭は、顔を赤らめながらこくんと頷いた。

「俺も翠蘭と接吻するのが好きだ。そなたの唇は甘く、やわらかい」

「ん……」

あたたかく張りのある唇が重なる。促されるままたどたどしくくちづけに応じると、また舌が滑り込んできた。とろんと目を潤ませて翠蘭は肉厚の舌が口腔《こうこう》を舐《な》め回《まわ》すにまかせた。

単純に唇と唇をくっつけあうだけが接吻ではないのだと、ようやく思い至る。まるで美味なるご馳走《ちそう》を味わうように、彼は翠蘭の舌を甘く食《は》み、吸いねぶる。

互いの唾液が交じり合い、あふれて口端からこぼれる淫靡《いんび》な感覚に翠蘭は恍惚となった。

思う存分舐め尽くし、劉翔がはぁっと熱い吐息を洩らす。

「甘露のようにうまい……。どれほどくちづけても飽きないな」

彼は身体をずらすと翠蘭の喉に舌を這《は》わせ始めた。くすぐったさと同時にぞくぞくするような感覚が背筋を走り抜ける。翠蘭は肩をすくめ、震えるように小さく喘いだ。

奥まった場所が針で突かれたようにツキンと疼《うず》き、顔を赤らめる。

（やだ……。どうして）

翠蘭の狼狽《ろうばい》には気付かず、劉翔は舌で鎖骨をたどった。さらに両手でやわやわと乳房を揉みしだかれ、下腹部の疼痛《とうつう》が強まる。

気がつけば胸を突き出すように背を反らして翠蘭は熱っぽく喘いでいた。ひとときもじっとしていられず、下腹部の疼痛を紛らわすようにもじもじと腿を擦り合わせてしまう。

と、ふいに胸の突端に強い刺激が生じた。劉翔が乳首に吸いついているのを見て翠蘭は仰天した。

「だ、だめです！　劉翔さま」

慌てて肩を揺すると、咎めるようにもう片方の乳首をきゅっと摘まれ、ヒッと肩をすくめる。

「俺には何をされてもいいのではなかったか？」

甘く揶揄《やゆ》する口調に顔を赤らめ、口ごもる。

「でも……。まるで孩子《あかご》のようです」

「惚《ほ》れた女子の前では、男は皆そんなものさ。いずれ子が生まれれば譲らざるを得まいが……それまでは好きにさせてもらう」

ちゅうっと強めに吸われ、痛みとも快感ともつかぬ感覚にとまどう。舌先で乳首周りをぞろりと舐められると、下腹部の疼きがさらに強まって翠蘭は困惑した。

「痛いのか？」

ハッとしたように問われ、慌ててかぶりを振る。

「痛くはありません。その……へ、変な感じは、しますけど……」

しどろもどろに答えると劉翔はにやりとした。

「変な感じ、か」

「厭なわけではないです！」

やめてしまうのではないかと急いで付け加えると、彼は上機嫌に笑って翠蘭にくちづけた。

「気持ちよくなってもらえるよう精一杯努める」

「き、気持ちは、いいです。もう……」

劉翔は目を細め、片手をするりと滑らせて翠蘭の膝裏に差し込んだ。片膝を立てられ、腿を優しく撫でられると、産毛が逆立つような感覚に襲われた。

恐怖や嫌悪とは違う、未知の感覚に当惑するうちにも、彼の大きな掌が脚の付け根に向かって滑ってゆく。

「ひっ……」

思わず媚《こ》びるような声がこぼれ、赤面して口を押さえる。劉翔は笑みを深め、ふっくらと盛り上がった部分をゆっくりと指先でたどった。

自分でもそんなところに触れるのは身を清める時くらいだ。婚礼の前に湯浴みはしたものの、かなり時が経っていることを思うと焦ってしまう。

そこを探る彼の意図がいまひとつ理解できず、かと言ってやめてほしいと懇願するほど厭でもなく、おろおろするばかりだ。

慎ましい茂みをかいくぐり、指先がひときわ敏感な箇所をかすめる。びくっ、と肩をすぼめ、翠蘭は唇を噛んだ。そうしないとおかしな声が出てしまいそうだ。

指先がぬるりと滑り、劉翔が満足げに囁いた。

「濡《ぬ》れているな」

「ご、ごめんなさい」

翠蘭は反射的に謝った。彼の指を汚してしまったと思い込み、申し訳なさで消え入りたくなる。

劉翔は苦笑して、なだめるように翠蘭の額に唇を落とした。

「謝ることはない。俺に触れられて心地よさを感じてくれた証だ」

「そう……なのですか……?」

「ここをたっぷり濡らしておかないと、夫婦の営みはつらいものになる」

まだよくわからないが、心地よくなると濡れてくるのは自然なことのようだ。粗相《そそう》をしたわけではないとわかってホッとした。

くちゅ、と淫靡な音をたてて指先がもぐり込む。反射的に息を詰めたが、優しくくちづけられるうちに身体のこわばりが解け、指の節がつぷんと通り抜ける感覚にぞくりとする。

慎重な動きで進んできた彼の長い指が、ふと動きを止めた。

隘路《あいろ》を優しく探ったかと思うと、浅い場所でゆっくりと指を出し入れしながら、すぐ上にある小さな突起を摘まんで扱《しご》き始める。そこに触れられたとたん、びりびりするような刺激が走り抜け、翠蘭は甲高い声を上げた。

「あンっ」

あられもない声に赤くなる翠蘭に笑みをこぼし、劉翔はさらに肉粒を捏《こ》ね回《まわ》した。小さな蕾にすぎなかったそれが刺激でぷっくりとふくらむのが感じられ、自分の身体だというのに劉翔のほうがよく知っているみたいで気恥ずかしさが増した。

隘路に指を挿入されたまま、くにゅくにゅと花芽を捏ね回されて腰が跳ねる。

「や……。劉翔さまっ……。そ、それ駄目です……っ」

「変な感じ、か?」

涙目でこくこく頷く。劉翔は笑み交じりに囁いた。

「これが快楽……心地よいということだ」

「で、でも、なんだかむずむずして、くすぐったくて……」

これまで翠蘭の知る心地よさとは全然違うものに思える。前の世で劉翔に抱きしめられた時の、うっとりするような感覚とはまるで違う。翠蘭は彼の腕にすがりついた。

「こ、怖いです、劉翔さま」

「俺が付いているのだぞ？　怖いことなどあるものか」

「そうですけど……。なんだか身体が変になったみたいで……」

ちゅ、とふたたび額にくちづけられる。

「俺を信じろ。けっして怖くはない」

真摯《しんし》なまなざしに、こくりと頷く。翠蘭は目を閉じ、与えられる快楽だけに集中しようと努めた。視界が閉ざされると、不思議なことに落ち着きが戻ってきた。

劉翔の指遣いはあくまで優しく、慎重だった。まるで、難しい楽器を歌わせようと機嫌を取るかのように。

そんな連想のせいか、翠蘭の唇からあえかな吐息が洩れた。刺激に合わせて腰を蠢《うごめ》かせると、さらに快感が尖鋭《せんえい》になる。

羞恥心からの抵抗を思い切って手放し、それまでなんとか逃れようとしていた快感を素直に追い始めると、甘やかすように劉翔が囁いた。

「そうだ。感じるがままに受け入れるんだ」

次第に指の動きが速まる。ちゅぽちゅぽと濡れた水音が淫らに響き、翠蘭は陶然となった。自分の身体がこのような恥ずかしい音を立てていることに、倒錯的な喜びすら覚えてしまう。

下腹部の疼きが高まってゆく。内臓が捩《ねじ》れるような、尿意にも似た感覚に惑乱しつつ、止めることもできず、ただ腰を淫靡にくねらせて快感を追い求め、同時に逃れようともがく。

ついには絞られるように下腹部がきゅうきゅう疼き、翠蘭は生まれて初めての絶頂に達していた。意識が飛び、劉翔の指を銜《くわ》え込んだまま、びくっ、びくんと身体が不規則に跳ねる。

ぼんやりと薄目を開けて翠蘭は吐息を洩らした。ゆっくりと指が引き抜かれると、ふたたび下腹部がぞくんと疼いた。

劉翔が身をかがめ、半開きの濡れた唇にくちづける。翠蘭は目を閉じ、甘いくちづけにうっとりと放心した。

「……心地よかっただろう?」

囁かれて素直に頷く。ふたたび優しくくちづけられ、翠蘭は彼の背に腕を回した。

知らなかった。こんな快感が存在するなんて。

前の世ではついぞ知る機会もなく、命を落とした。こうして劉翔と抱き合い、快楽をともにできたことが嬉しくてならない。

「劉翔さま。わたし幸せです」

「もっと幸せにする。約束だ」

すでに充分だと思ったが、真摯な口調が嬉しくて、こっくりと頷く。

しばし甘いくちづけを繰り返すと劉翔は身を起こし、翠蘭の細腰を膝の上に引き上げた。

「そなたと夫婦の契りを結びたい」

「わたしはもう劉翔さまの妻ですわ」

面紗《ヴェール》を手ずから外してもらい、床杯も交わした。まだ何か足りないのだろうか。当惑ぎみの翠蘭の表情に微苦笑して劉翔は優しく囁いた。

「身体を繋《つな》げなければ、まだ本当に夫婦になったとは言えないのだよ」

（繋げる……？）

首を傾げた瞬間、密やかに息づく翠蘭の蜜口に何やら固いものが押し当てられる。視線を下げてそれが劉翔の雄茎だと知り、翠蘭はようやく彼の言葉の意味を悟った。

（え……あれを挿れるの……？）

あんな大きなものを？　ちらっと見た限りでは指よりずっと太かった気がする。指一本でもぎちぎちだったのだ、とても入るとは思えない。

さーっと青ざめた翠蘭に劉翔は苦笑を大きくした。なだめるように軽く頬を摘まむ。

「無理強いはしない。そなたを泣かせたくはないからな」

目を瞠った翠蘭は慌てて首を振った。

「厭なのではありません。ただ、その……は、入るのかしら……と」

羞恥に目を泳がせると、太棹《ふとざお》の先端がからかうように花芯をちょんと突《つ》ついた。

「もちろん入るさ。最初はきつくてつらいだろうが、何度か繰り返せば慣れるはずだ。それに、女子はここから孩子《あかご》を産み落とすのだからな」

「そう……ですね……」

確信なさそうに眉尻を垂れる翠蘭を、劉翔は機嫌を損ねた様子もなく気遣った。

「やはりやめておくか？　今ならまだやめられる。だが、この先に進めば……正直やめられるかどうか自信がない」

「いえ、やめなくていいです。つ……続けてください」

まじまじと見つめられ、頬が熱くなる。

「無理しなくていいのだぞ？」

「でも、それをしないと真の夫婦にはならないのでしょう？　わたし、劉翔さまの妻になりたいのです。本当の妻に。だから……痛くても我慢します。劉翔さまに愛していただけるのなら、たとえ死んでも本望です」

「大げさだな。そう悲壮な顔をするな」

脅かしすぎたかと苦笑する彼を真剣に見つめる。今の彼には大げさに聞こえたとしても、翠蘭としては本心に他ならない。

前の世では憎まれたまま死んだ。今生でも彼に殺されるのだとしたら、今度はせめて愛されて死にたい。

「やめないでください。お願いです……」

劉翔は困り顔で翠蘭を抱きしめ、なだめるように背を撫でた。

「わかった、わかった。そんな顔をするな。俺まで悲しくなってしまう」

「ごめんなさい……」

「謝るな。不安にさせるつもりはなかった。ただ、そなたにつらい思いをさせるかと思うと、どういうわけか居ても立ってもいられない気分になってな」

彼は溜め息をつき、ぎゅっと翠蘭を抱きしめた。

「いかなる苦痛からもそなたを守りたい。いや、守らねばならぬ。そなたを見た瞬間、強くそう感じたのだ。何があろうとこの女子を守らねば、と」

「劉翔さま……」

幸福感で胸がいっぱいになって、翠蘭は彼の厚い胸板にすがりついた。歓喜の涙がこぼれ落ち、しみじみと幸せを噛みしめる。

（これほど劉翔さまに想ってもらえるなんて……）

前の世でも劉翔は翠蘭を愛してくれた。だが、その『正体』を知ったとたん、愛は怨悪に一変した。一時は深く愛されたゆえに、その憎悪が骨身に沁《し》みてつらかった。

今生では劉翔は最初から翠蘭が誰であるかわかっている。彼の妻となったからには傾国として憎まれることもない。運命は変わったのだ。

その証が欲しい。名実ともに彼の妻になったことの証が。

「お願いです、劉翔さま。今すぐわたしを妻にしてください」

繰り返し懇願する翠蘭を、彼はじっと見つめた。

「……本当によいのだな?」

「はい」

決然と頷くと彼は苦笑いして翠蘭の頬を撫でた。

「初夜というより初陣に臨む若武者のようだな」

気負いすぎかと顔を赤らめると、彼は愛しげに唇をふさいだ。

「そんなところもかわいらしい。ますますそなたが欲しくなった」

彼は翠蘭の腰を抱え直すと、ひたと剛直を当てがった。

「力を抜いていろ」

優しく言われて頷いたものの、やはりどうしても緊張してしまう。劉翔は挿入を焦らず、ゆっくりと腰を前後させて翠蘭の秘裂を刺激した。

誘い出された愛蜜が肉槍にまといつき、滑りがよくなると同時に翠蘭の緊張も次第にほぐれてゆく。つぷん、と先端がとば口に沈むと同時に、劉翔はぐっと腰を進めた。

翠蘭に身構える暇を与えず、彼は一気に処女の関門を突き破った。脳天に釘《くぎ》を打ち込まれたかのような衝撃に、悲鳴を上げてのけぞる。

互いの腰がぶつかり合い、劉翔が熱い吐息を洩らした。

「……挿入ったぞ」

確かめるようにぐぐっと腰を押しつけられ、翠蘭は自分の中に固く張りつめた肉棹が埋まっていることを実感した。破瓜《はか》の痛みで痺《しび》れていても、圧倒的な存在感を感じる。へその辺りまで届きそうに長く太いものが、自分の狭い肉洞を隙間なく埋めていた。

「すまない、痛かったな」

優しく目尻をぬぐわれ、翠蘭は漸《よう》う我に返って微笑んだ。

「これで、劉翔さまの妻になったのですね……?」

ああ、と彼は力強く頷いた。

「そなたは俺のただひとりの妻だ。生涯そなた以外の妻は持たぬと誓う」

喜びにまた涙がこぼれた。

「すまない、泣かせてしまったな」

「嬉《うれ》し涙《なみだ》です。あまりに幸せで」

劉翔の頬を指先でたどる。彼はそっと掌を重ねて微笑んだ。

「ふたりで幸せになろう。今よりもっと」

「はい」

抱き合って互いの身体を愛撫《あいぶ》しながら狂おしく唇を合わせる。

息をはずませながら潤んだ瞳で見上げると、彼は精悍な色香漂う顔つきで惚《ほ》れ惚《ぼ》れと翠蘭を見つめた。

「仙女のように清らかでありながら、ここは俺を締めつけて放そうとしないのだな」

軽く腰を揺らされて、翠蘭は顔を赤らめた。

「よくわかりません……」

特別に何かしている自覚はなかった。正直に言えば、拓《ひら》かれたばかりのうぶ襞《ひだ》は痺れが切れた後のようにぼんやりとしてあまり感覚がない。

わかるのは大きなものでいっぱいに塞がれていることだけ。

「もう少し動いてみてもいいか?」

ためらいがちに問われ、翠蘭は頷いた。挿入して終わりでないことは、これが初めてでもなんとなく察しがつく。

劉翔は慎重に腰を動かし始めた。翠蘭の様子を確かめながら抽挿を加減する。破瓜の痛みがぶり返したが耐えられないほどではなかったので翠蘭は黙っていた。彼はすでに充分に気遣ってくれている。

律動的に腰を前後させながら、劉翔は翠蘭の花芯を優しく指で捏ね回した。

「あ……」

痺れたような疼痛の中から快感が湧き上がり、自然と背がしなる。ふたたび蜜が滴り始め、腰を打ちつけられるたびに濡れた音が高くなった。

いつしか翠蘭は劉翔の動きに合わせて腰を揺らしていた。

汗ばんだ肌がぶつかり合い、愛蜜がかき混ぜられて、ぱちゅぱちゅと淫靡な水音が上がる。

上気した劉翔の顔を見上げると否応なく昂奮《こうふん》を掻き立てられ、翠蘭は喘ぎながら腰をくねらせた。

「……感じているのか、翠蘭」

熱くかすれた声で問われ、がくがくと頷く。

剛直に突き上げられるたび、目の前で火花が散った。お腹が突き破られそうな勢いで激しく揺さぶられる。

ふたたび下腹部が疼き始めた。拓かれたばかりの隘路をぬちぬちと前後する太棹《さお》の圧倒的な存在感に眩暈がする。

(劉翔さまが……わたしの中にいる……)

本当に自分たちが繋がっているのだと実感し、翠蘭の目から涙がこぼれた。

「つらいのか？　翠蘭」

腰を打ちつけながら劉翔が気遣う。翠蘭はかぶりを振った。

「いいえ、いいえ。幸せなのです。劉翔さま。幸せすぎて、夢のようで……」

「翠蘭」

感極まったように熱い吐息を洩らし、彼はぐっと腰を押しつけた。挿入された雄茎がさらにふくらんで、濡れた花筒を隙間なく埋めている。

ぴったりと密着した腰を突き上げながら押し回されると、ごりりと穿《うが》たれる感覚にぞくぞくするあまり意識が飛びそうになった。

「あ……ふ、ふか……い……。あ、あ、あんッ……」

さらに熱い淫蜜が奥処から滴り落ちる。深く肉槍を銜え込んだ花弁が蠕動《ぜんどう》し、込み上げる快感に翠蘭はなすすべもなくのけぞった。

びくびくと蠢《うごめ》く媚肉に絞り上げられた怒張が今にも爆ぜそうにわななき、劉翔が低い呻《うめ》き声《ごえ》を洩らした。

「……っく。もう限界だ」

彼は翠蘭の腰を掴み、猛然と蜜壺を穿ち始めた。濡れそぼつ粘膜を貫かれるたび、ぱちゅぱちゅと淫靡な音を立てて蜜が飛び散る。

「ひぁっ、あっ、あっ、あっ、あぁんっ」

もはや揺さぶられるまま悶えることしかできない。容赦ない刺突《しとつ》によって次第に腰が浮き、すんなりした白い脚が薄闇にゆらゆらと揺れる。

抽挿は加速度的に切迫していき、やがてギリリと劉翔が歯噛《はが》みした。

「……出すぞ」

わけがわからぬまま、翠蘭はがくがくと頷いた。

ひときわ強く腰を打ちつけられ、獣のように劉翔が唸《うな》る。熱した怒濤《どとう》が痙攣《けいれん》する蜜壺にどぷどぷと押し寄せた。

翠蘭は絶頂の愉悦に打ち震えながら、満ち足りた幸福感に酔《よ》い痴《し》れていた。

これで真に劉翔の妻となれたのだ。

叶うはずもなかった絶望的な想いが、悦楽の中で癒《いや》されていく。

満ち足りた吐息を洩らし、劉翔が己を引き抜いた。

急にぽかりと虚が空いたような感覚に心許《こころもと》なくなって翠蘭は顔を赤らめた。

どさりと傍らに横たわった劉翔が翠蘭を抱き寄せ、あやすように背中を撫でさすった。

「素晴らしかった。これほど我を忘れて没頭したのは初めてだ」

素直な告白に嬉しくなって逞しい胸板に頬をすり寄せる。

劉翔に満足してもらえてよかった。貫かれた瞬間は気絶しそうなほど痛かったけれど、彼の妻となる喜びのほうがずっと大きい。

「すまない、痛い思いをさせたな」

「大丈夫です。嬉しかったから……」

囁いてもたれかかると、さらにしっかりと抱きしめられた。

「翠蘭。そなたを娶ることができて本当によかった」

「ずっとお側《そば》に置いてくださいますか……？」

「もちろんだ。そなたは俺の正室、生涯をともにする唯一の妻なのだから」

「わたしが望むのは、それだけです」

ふふっと笑みを洩らし、翠蘭は目を閉じた。

がっしりした大きな掌が優しく背中を撫でてくれる。

安心しきって幼子のように翠蘭はなんの憂いもない深い眠りへと落ちていった。

第五章　蜜月

帳から洩れる朝の光に翠蘭は目覚めた。広い牀榻《しんだい》に劉翔の姿はない。

「……っ」

急に不安に襲われて飛び起きると、ずきっと秘処に痛みが走った。裸身であることに気づき、慌てて衾《ふすま》（掛け布団）を引き寄せる。

上等な紙を透かして窓からやわらかな光が降り注ぐ室内をぼんやり見回していると、静かに扉が開いた。

帳の中で翠蘭が身を起こしていることに気づき、ホッとしたような声が上がる。

「お目覚めですか、お嬢さま」

深深だ。聞き慣れた侍女の声に翠蘭は肩の力を抜いた。

「ええ、起きてるわ」

「失礼します」

深深は帳を捲《まく》って房付きの紐《ひも》で柱にくくりつけると、改めて深々と一礼した。

「おはようございます、お嬢さま——じゃなかった！　奥さま」

「……おはよう」

初めて奥さまと呼ばれた照れくささと、裸体に衾を巻きつけただけの格好が恥ずかしいのとで顔を赤らめる。深深は素早く寝間着を着せかけてくれた。

「……ずいぶん明るいわ。寝坊しちゃったみたいね」

溜め息をつくと深深はにっこりした。

「大丈夫ですよ。起こすなと旦那さまに言われましたので」

「劉翔さまは……？」

「朝議に出かけられました」

「そう……」

皇族であり、武官の長でもある劉翔は早朝から行われる朝議への出席が義務づけられている。勤務時間は日の出から正午までで、夏は午前四時半頃、冬は午前五時半頃に宮城へ入らねばならない。

「明日からはわたしも早起きしないと」

「起きなくていいと旦那さまは言いそうですけどね〜」

「そうはいかないわ。きちんとお見送りしたいもの」

妻、なんだから……とひっそり頬を赤らめる。

「お湯の用意が出来ていますが、湯浴みなさいますか？　隣に湯殿があるんですよ、ここ」

「湯殿……？」

面食らいながら深深に付いていくと、母屋に隣接する耳房《じぼう》（小部屋）の奥三分の一ほどが一段低くなっており、釉薬《ゆうやく》をかけた美しい磚《タイル》張りの上に木をくり抜いた浴槽が置かれていた。すでにたっぷりと湯が張られている。

贅沢さに気後れしつつそろそろと浴槽に身体を沈めると、あふれた湯が壁に穿たれた排水口から外へ流れ出ていった。

檜《ひのき》の清々《すがすが》しい香りにうっとりする。今まで湯浴みといえば盥《たらい》に決まっていたので、こんな大きな浴槽でふんだんに湯を使って入浴するのは初めてだ。

掌を滑らせるように肌を擦り、気恥ずかしさをこらえて秘処も丁寧にぬぐう。やはり粘膜が傷ついているのか、少しだけ湯がしみた。

ゆっくりと湯浴みを済ませ、他の侍女たちの手も借りて着替えをした。

紅色の長裙《ちょうくん》（ロングスカート）を胸高に着て、ひらひらと長い袖のついた鴇色《ときいろ》の衫襦《さんじゅ》（ブラウス）を羽織り、帯を締める。

嫁入りにあたって父が誂《あつら》えてくれたものだが、実家ではこのような美しい衣をまとうことなど滅多《めった》になかったから、なんだか緊張してしまう。

露台《テラス》にしつらえられた卓子《テーブル》で朝食を摂《と》った。お粥《かゆ》に油条（甘みのない細長い揚げパン）、蟹《かに》と豆腐の煮込み、青菜を添えたやわらかい鶏肉《とりにく》、冷やして薄く切った桃などが並び、目を丸くする。

「朝からこんなに食べられないわ……」

「お好みのものをお好きなように召し上がってください」

「奥さまの食べたいものを用意するようにと旦那さまから言いつかっておりますから、なんでもお申しつけを。厨房《ちゅうぼう》に伝えます」

そっくりな顔立ちの侍女ふたりが交互に言ってにっこりする。

「あ、ありがとう……」

どれも美味しかったが、やはり多すぎて半分以上残してしまった。熱いお茶をもらってゆっくりと庭を眺めながらくつろいでいると、まだ夢の中にいるようで不思議な気分になった。

しばらくすると邸の執事が主な召使を連れてきて挨拶を受けた。各々が名前と役職を申し述べ、うやうやしく拱手一礼する。

ひとりひとりに頷きながら、この邸の女主人になったのだと改めて身の引き締まる思いがした。

実家では母親が奴婢だったゆえに一段低く見られ、召使たちの態度もおざなりだったが、ここでは誰もが翠蘭を正室として敬ってくれる。

ありがたいことだが責任の重さに不安も感じた。

後日改めて邸内のご案内をいたします、と言って執事は召使たちを引き連れて下がった。

深深が淹《い》れ直してくれた熱いお茶を一杯飲むと翠蘭は気持ちを切り換えて立ち上がった。

「――さて。お部屋のお掃除でもしようかしらね」

「とんでもない！」

それを聞いて、控えていた瓜二《うりふた》つの侍女たちが顔色を変えた。互いの手を取り合って小鳥が囀《さえず》るような声を上げる。

春鶯《しゅんおう》と迦陵《かりょう》と言う双子の姉妹で年は十三。劉翔の参謀を務める部下の孫娘で、行儀見習いを兼ねている。

お揃《そろ》いの萌葱色《もえぎいろ》の交領衫《こうりょうさん》（着物襟の上着）を着て、左右でお団子にまとめた髪に赤い造花を飾っている。

かわいらしい見た目だが、意外なほど動きが機敏なのは軍営育ちゆえだろうか。それにしてもそっくりすぎて見分けがつかない。

「そのようなことは召使にお任せください！」

「もしやどこかに汚れがございましたか⁉」

「い、いいえ、そんなことないわ」

やる気満々のふたりに翠蘭は焦って両手を振り回した。

「どこもとってもきれいよ。ただ、その……実家では、自分のことは自分でしていたものだから、ね」

「奥さま、召使の仕事を取っちゃだめですよ」

「そ、そうね」

深深に耳打ちされて頷いたが、何もしないでいるとどうにも落ち着かない。

「……後日と言わず、邸を案内してもらえばよかったかしら」

「体調を気遣ってくれたんですよ。三日くらいはお客様気分でのんびりされたらどうです？　その～、わたしよくわかりませんけど、昨夜は大変だったんじゃ……？」

「ふ、普通よ。……たぶん」

翠蘭とて初めてなのだからよくわからないが、劉翔が起き出したのにも気付かなかったのなら相当深く眠り込んでいたのだろう。

食後の散歩がてら回廊に沿ってぐるりと回ってみることにした。ここは邸の奥にあるので外の喧噪《けんそう》は届かず、とても静かだ。

大理石の甃《いしだたみ》が敷きつめられた広い院子《なかにわ》の真ん中には大きな海棠《かいどう》の木が植えられている。すでに花期は終わっているが、これから訪れる炎暑の夏には涼しい木陰を作ってくれるだろう。

母屋の左右で院子を挟んで向き合う廂房《しょうぼう》の片方には葡萄《ぶどう》棚が設けられ、やはり木陰で涼を取ることができる。京師《みやこ》の夏はとても暑いのだ。

劉翔の邸は大将軍としての官邸を兼ねているため非常に広く、大きな院子《なかにわ》が三つもあった。

正門に最も近い建物が政務に使われる庁堂《ちょうどう》で、広い院子《なかにわ》は兵士たちの教練場を兼ねている。その後ろにやや小さな院子《なかにわ》を挟んで建つのが劉翔の日常生活のための公邸。書斎や居間、私的な客を迎えるための応接室、客間や寝室などがある。

さらにその奥、最も小さな院子《なかにわ》――といっても充分すぎるほど広い――を挟んだ後房《こうぼう》が翠蘭が今いる場所で、妻子の住まいだ。

さらに裏手には横長の棟があって、厨房や女性使用人の部屋、倉庫となっている。その裏と塀の間が裏庭兼洗濯場だ。

建物の配置としては実家と大体同じだが、とにかく規模が桁違いである。劉翔が帰還して間もないこともあって、特に後房は翠蘭の住まう母屋以外は空き部屋とのこと。

結婚前、新居となる邸を見学に来たときにそんな話を聞いて心細くなり、深深だけは裏手の長屋ではなく廂房に房室《へや》を与えて住まわせてくれるよう頼んだ。

「それにしても、本当にだだっ広いお屋敷ですよね。回廊を歩くだけでじゅうぶん運動になりそう」

翠蘭に付き添いながら深深が感心した声を上げた。その後ろに澄まし顔で従う春鶯と迦陵もうんうんと頷く。

一回りして母屋に戻ると公邸へ続く門から誰かが入ってくるのが見え、双子がはしゃいだ囀り声を上げた。

「大将軍!」

「お帰りなさいませ!」

大股で歩いてくるのは劉翔だった。すでに着替えを済ませ、朝議用の紫錦の官服に紗帽《しゃぼう》という格好ではなく盤領《まるえり》(詰め襟)の袍衫《ほうさん》(ワンピース型の衣服)に玉《ぎょく》が象嵌《ぞうがん》された革帯《ベルト》を締め、褲《ずぼん》に爪先の反《そ》った革長靴を合わせるという流行《はや》りの狩猟服姿だ。

颯爽《さっそう》たる姿に惚れ惚れと見とれているうちに彼はずんずん迫ってきて、気付けば逞しい腕に抱え上げられていた。

「……!?」

「休んでいないとだめじゃないか」

叱りつけるように言い、劉翔はまっすぐ寝室へ向かう。背後で抜かりなく侍女たちが扉を閉め、顔を見合わせて忍び笑った。

「え……っ、え……!?」

そっと牀榻《しんだい》に下ろされ、翠蘭は目をぱちくりさせた。

回廊をぶらぶらしている間に寝室はきれいに整えられていた。婚礼の紅尽くしだった牀榻周《しんだいまわ》りは透明感のある薄桃色で統一されている。

「大丈夫なのか?」

心配そうに問われ、翠蘭はさらに目をぱちぱちさせた。

「あの、何がですか……？」

「何ってその、昨夜の……あれだ」

目許を赤くして口ごもる劉翔を見て、翠蘭の頬も熱をおびる。

「だ、大丈夫です」

「本当か？　……いや、ずいぶん出血していたことに、今朝になって気付いたのだ。医者を呼ぼうかと思ったのだが、すやすやとよく寝ているようなので起こしてはいかんと」

呼ばれなくてよかったと胸をなでおろす。

並んで牀榻《しんだい》に座った劉翔は頑健な体躯を窮屈そうに縮めてしゅんとした。

「すまん。初めてなのに無理をさせてしまった」

「大丈夫ですよ。別に無理やりというわけじゃ……なかったですし……」

充分に気遣ってくれた。もちろん破瓜されたときは痛かったし、その後も痺れが切れたみたいな感じだったけれど、感じやすい場所を探って翠蘭を心地よくしようと努めてくれた。

湯浴みでしみたことは黙っていよう……と頬を染めると同時に、劉翔が思い詰めたように呟いた。

「確かめたい」

「……はい？」

「確かめねば落ち着かん」

言うなり劉翔は翠蘭を押し倒した。長裙を大きく捲られ、膝を掴んでぐいっと割り広げられて翠蘭は動転した。

「きゃ……。ちょっ、劉翔さま!?　何を……っ」

「傷ついてないか確かめて、必要ならば医者を呼ぶ」

「呼ばなくていいですっ」

必死で抗《あらが》うも、大きく開かされた脚を押さえつけられて上体を起こすこともままならない。

とんでもなく卑猥《ひわい》な格好に泣きたくなったが、劉翔は大まじめな顔で秘処を覗き込んだ。

「……出血は止まったようだ。しかしかなり赤くなってるな」

「だから大丈夫ですってば！　ちょっと切れただけで……」

「切れたのか!?　やっぱり……そりゃそうだよな……」

ぶつぶつ呟いたかと思うと劉翔はさらに顔を近づけ、ぬるりとした感触に翠蘭ははじかれたように頭をもたげた。

「なっ、何を……っ!?」

劉翔が股間に顔を埋めている。羞恥と混乱で翠蘭は真っ赤になった。敏感な部分を舌先で慎重に舐めたどられ、慌てて翠蘭は彼の肩を押した。

「だ、だめです。そんなとこ舐めちゃ……。き、きたな……」

湯浴みはしたけれど、その場所もきれいに清めたけれど、指ならともかく舌で舐められるなんて恥ずかしすぎる……！

劉翔は一向に気にした様子もなく、丁寧に舌を這わせ続けた。彼は治療のつもりなのだろうが、翠蘭にしてみればたまったものではない。

生来敏感な場所である上に、昨夜の媾合《こうごう》によってそこで快楽を得ることを教えられた。恍惚の余韻が色濃く残る媚肉は容易に愉悦の熾火《おきび》を掻き立てられてしまう。

「……っふ」

鼻にかかった声が上がりそうになり、慌てて口許《くちもと》を両手で覆う。それで声は抑えられても、腰が揺れてしまうのは止められない。

ふと劉翔が独りごちるように呟いた。

「濡れてきたようだな」

「な、舐め……るから……っ」

懸命に訴えながら、それが彼の唾液ばかりでないことはわかっている。もちろん彼も察していて、満足げに含み笑った。

「素直に蜜をこぼす、かわいい花だ」

「しゃ、しゃべらないで……っ」

熱い吐息が秘珠にかかり、ぞくぞくっと翠蘭は身体をわななかせた。

（あぁ……だめ……）

翠蘭が感じていることを知ると舌の動きは大胆になった。もはや癒すためではなく、悦《よ》がらせるために蜜孔をこじり、ちゅぷちゅぷと花芯を吸いねぶる。

「ん……ん……ぁんんっ……！」

唇をぎゅっと押さえたまま無我夢中でかぶりを振る。

（だめ、もう……がまんできない……）

下腹部が引き攣《つ》れたようにきゅうぅと捩れ、押さえつけられた太腿《ふともも》がこわばる。ぎゅっと眉根を寄せ、翠蘭は絶頂に達した。きつく閉じた睫毛《まつげ》に熱い涙がにじむ。

びくびくと蜜襞がわななき、熱い滴りがとろりと伝い落ちる。放心する翠蘭の頬を劉翔が愛しげに撫でた。

「痛くはなかったか」

「ん……」

未だ痙攣《けいれん》の収まらない媚唇《びしん》を劉翔は欲望とためらいの入り交じる目つきで見つめた。

「挿れてもいいか……？」

視線を下げると、彼のまとう袍が下から押し上げられている様がはっきりと見て取れた。

羞《は》じらいながら翠蘭は頷いた。

こんな真っ昼間から身体を繋げるなんて……とも思うが、快楽を教えられた花筒は指や舌ではなく、みっしりした質感のあるもので隙間なく埋められたがっている。

劉翔は下帯を解いて翠蘭にのしかかった。

恥ずかしげに震えている花唇に、淫涙をこぼす鈴口が押し当てられる。張り出した部分がぬくりと沈み、勢いに乗ってずぷぷっと蜜鞘に滑り込んだ。

破瓜されたときのような鋭い痛みはなかったが、大きなものを呑《の》み込《こ》む衝撃でのけぞってしまう。

劉翔が、はぁっと熱い吐息を洩らした。

「……たまらないな。俺のものをぴったりと包み込んで、きゅうきゅう締めつけて」

深く繋がった腰を押し回されると痺れるような快感が湧き起こり、翠蘭は恍惚となった。

わずかな痛みは残っていたものの、圧倒的な悦楽にまぎれてほとんど意識に上らない。

放心する翠蘭の腰を抱え直した劉翔が、勇壮に腰を打ちつけ始める。

猛《たけ》り勃つ剛直が蜜壺を突き刺すたび、ぱちゅぱちゅと濡れた水音が上がり、極太の雁首で掻き出された蜜が腿に飛び散った。

翠蘭は唇を押さえることも忘れて甘い嬌声《きょうせい》を上げた。

「あっ、あっ、あっ、あんっ、んんっ……」

膝裏を掴んで大きく開かされた白い脚が中空でゆらゆらと揺れている。淫らな情景に快感がいっそう深まり、翠蘭はあっさりと絶頂に達してしまった。

「くひ……ッ」

太棹を銜え込んだ花唇が激しく痙攣する。頭の中が真っ白になって、気がつけば翠蘭は呆然と目を見開いてとぎれとぎれに喘いでいた。

劉翔が身じろぎすると、隘路をいっぱいにふさぐ雄茎が、さらにひとまわり嵩《かさ》を増した気がした。

「……感じやすい身体だ」

笑み交じりに劉翔は囁いた。

蠕動を繰り返す蜜襞をなだめるように、ぬちぬちと軽く腰を前後させたかと思うと、今度は抜け落ちる寸前まで退き、じゅぷぷっと蜜をしぶかせながら根元まで埋め込む。

淫刀で蜜鞘を擦られるたび、下腹部がぞくぞくと疼いて容易に達してしまいそうになる。

「どうだ？　心地よいか」

甘く問われ、翠蘭は無我夢中で頷いた。

「ん、ん。気持ちぃ……です……」

「身体の相性もぴったりだな、俺たちは。そなたの胎《なか》が悦すぎて……とろけてしまいそうだ」

ずっぷずっぷと忙しなく抽挿しながら官能的な声音で囁かれ、陶然となる。

まだ二回目なのに、怖いくらいの快感に翻弄されていることにふと不安が兆《きざ》し、翠蘭はおそるおそる尋ねた。

「劉翔さま……。わたし、どこかおかしいのでしょうか……？」

「おかしい？　何故だ」

「だって、その……すごく、感じてしまうんです……」

なんだか自分がひどく淫らな性分だったように思え、恥じ入って目を伏せる。

劉翔は翠蘭の頬を撫で、熱をおびた目許にくちづけた。

「おかしくなどないさ。言っただろう、そなたは生来感じやすい質なんだ。夫なら嬉しいに決まっているではないか」

「そう……なのですか？　よかった」

劉翔が喜んでくれるなら問題はない。

安堵してにっこりすると、劉翔はぐっと来た様子で翠蘭を抱きしめ、溜め息交じりに呟いた。

「まったく。そんなに俺を喜ばせるなよ。調子に乗るぞ」

「え？」

面食らう翠蘭にニヤリと人の悪い笑みを浮かべ、劉翔はふたたび腰を振り始めた。今までよりもずっと激しく淫らな抽挿に、たちまち翠蘭は快感の極みに追い立てられてしまう。

「や……っ！　だめっ……だめです、劉翔さま、そんな……激し……ッ」

下腹部の疼きが急激に高まり、否応なく翠蘭は極限まで押し上げられてしまった。

背をしならせて恍惚とする翠蘭を、舐めるように劉翔は見つめた。甘く濡れた唇を指先でたどり、まるで熟れた桃にかぶりつくかのように激しく吸いねぶる。

「んッ……！　んん、んぅ」

舌を絡めとられ、強く吸われて、息苦しさに生理的な涙が浮かんだが、翠蘭は彼の背に腕を回してくちづけに応えた。

むさぼるような接吻に意識朦朧《いしきもうろう》となりつつ、幸福感に全身が満たされる。

劉翔は翠蘭の舌を吸いながらずんずん腰を入れた。突き上げられるたび腹底に甘だるい愉悦が生まれ、睫毛が濡れる。

全身で繋がっている感覚に翠蘭は恍惚となった。

（劉翔さま……）

愛しさで胸がいっぱいになり、四肢を絡めてしがみつくと、彼は低く唸って抽挿をさらに速めた。互いの叢《くさむら》が擦れあい、とろけた粘膜から蜜が噴きこぼれる。

快感の涙で曇った視界に、牀榻《しんだい》の天蓋がぼんやりと映っていた。区切られた格子の中に鳳凰《ほうおう》と牡丹文《ぼたんもん》と柘榴《ざくろ》の絵が交互に描かれている。

天蓋から垂れる薄絹の帳は開かれたままであることに気付いてかすかな羞恥が頭をかすめたが、勢いを増す一方の抽挿に翻弄され、すぐに飛び去ってしまう。

劉翔の雄茎はますます怒張し、濡れそぼつ蜜襞を激しく穿っていた。昨夜拓かれたばかりの隘路は噎《むせ》びながらも剛直を受け入れ、健気《けなげ》に収縮を繰り返す。

（ああ……また……っ）

下腹部が不穏に疼き、ぞくぞくする感覚に唇を噛む。長大な太棹で内奥をぐりりと抉《えぐ》られ、ひときわ濃厚な蜜が噴き出した。

腰を叩きつけた劉翔が獣のような唸《うな》り声を上げて精を放つ。熱い奔流が痙攣する媚壁をしとどに濡らした。

ありったけの欲情をどぷどぷ注ぎ込まれる感覚を全身で味わいながら翠蘭は陶酔に浸った。

「……大丈夫か?」

気遣わしげに頬を撫でられ、翠蘭はようやっと正気を取り戻した。しばし恍惚に意識が飛んでいたらしい。

はにかみながら頷くと、劉翔は名残惜しげに淫楔を引き抜いた。張り出した雁がぬぷんと抜ける感覚にぞくんとしてしまい、小さく肩を震わせる。

「すまない。本当に怪我してないか見るだけのつもりだったのだが……そなたのかわいい表情を見ていたら、つい気が逸《はや》ってしまった」

ふたたびしょげる劉翔に顔を赤らめながら身を起こし、翠蘭は長裙の裾を引っ張って脚を隠した。

「い、いいんです。その……気持ち、よかったし……」

「本当か」

劉翔はパッと笑顔になって翠蘭を抱きしめた。頬擦《ほおず》りされるとからりと晴れた日向《ひなた》の匂いがして、翠蘭は目を閉じて彼の胸に凭《もた》れた。

　彼が優しく背中を撫でてくれる。

「厭なときははっきり言ってくれてかまわないのだぞ。陰陽ふたつの心が和まなければ精気は感応しない。夫婦和合には双方が互いに感じ合うことが肝要なのだからな」

「はい」

　微笑んで頷く。求められること以上に彼の優しさが嬉しかった。

　身体を繋げる快感は我を忘れるほど凄いものだとわかった今でも、こうして彼の腕にあたたかく包み込まれたときの安心感と安らぎは何にも替えがたい。

　しみじみと幸福感が湧き起こり、感謝の気持ちでいっぱいになる。

　そうして抱き合っていると、ふいにぐぅと腹の鳴る音がした。思わず劉翔の顔を見上げると、彼は照れくさそうに笑った。

「腹が減ったな」

　そういえば彼は朝議を終えて帰宅したところだった。

「す、すみません。すぐにお昼の用意を」

　慌てて牀榻《しんだい》から降りようとすると背後から抱きしめられ、うなじに唇を落とされた。

「身繕いをしてからでいい。そなたも一緒に食べるか?」

「あ……。わたしは朝食が遅かったので」

「ならゆっくり身支度してからおいで。一緒に茶を飲もう。結婚祝いに銘茶をもらった」

頷いた翠蘭と軽く唇を合わせ、劉翔は上機嫌に出ていった。

顔を赤らめながら衣紋《えもん》を繕っていると扉を敲《たた》く音がした。深深が澄まし顔で入ってきて一揖する。

「奥さま、お髪を直しましょう」

鏡台の前に座り、髪を梳《す》いてもらう。翠蘭は横目で深深を睨んだ。

「もう、にやにやしないでよ」

「だって奥さま、わたし嬉しいんです。旦那さまったら奥さまに夢中なんですもの！」

櫛を手に、深深が浮かれ調子で身を捩る。

背後では春鶯と迦陵が乱れた牀榻をせっせと直しており、翠蘭はますますいたたまれなくなって肩をすぼめた。

「気になさらなくていいんですよ、奥さま。なんたって新婚なんですから！　寝室から出てこなくたって当然なんです。もうっ、こんなときくらい朝議を休ませてくれたっていいのに、聖上も頭が固いですよね～」

「不敬なこと言わないで」

たしなめると深深はぺろっと舌を出した。

「旦那さまは帰宅されるとそのまま奥さまのところへ直行しようとしたそうですよ～。せめて着替えてからになさってはと執事に止められたんですって。一刻も早く奥さまのお顔を見たかったんですね」

官服姿で事に及ばれなくて本当によかった……と嘆息する。いや、官服であればもっと自制心が働いたかもしれないが。

侍女たちにヒソヒソされないのはいいが、あまりニコニコされてもなんだか気まずい。

昔から忠義に仕えてくれる深深は、とにかく翠蘭が大事にされるのが嬉しくてたまらないようで、我がことのように自慢げだ。

結い直した髻《もとどり》に簪を挿し、身なりを整えて翠蘭は房室《へや》を出た。

三人の侍女を従えて公邸へ向かう。劉翔は朝議から戻ると基本的に夕方まで庁堂で仕事をする。昼食はひとつ後ろの公邸で摂るのが通例だ。

庁堂と公邸に挟まれた中院子《なかにわ》では大刀を持った兵士たちが訓練に励んでいた。

長柄に先端の反った細めの刀身をつけた眉尖刀《びせんとう》を構え、大きな掛け声とともに突いたり薙《な》ぎ払《はら》ったりしている。

回廊を歩いてくる翠蘭に気づき、訓練を監督していた上級武官が「止め！」と怒鳴った。

彼は右拳を左掌に当てる抱拳《ほうけん》をしてうやうやしく頭を下げ、兵士たちもそれに倣う。

指揮官は劉翔の側近のひとりで、山道で凱旋《がいせん》軍と遭遇したときに翠蘭を怒鳴りつけた男だった。がっちりした体格にぎょろ目ひげ面。名を廉貞《れんちょう》と言う。

翠蘭は微笑んで会釈を返し、回廊を進んだ。

楚々《そそ》とした後ろ姿を廉貞は惚れ惚れと眺めた。

「なんとお美しい方だ……。眺めるだけで寿命が延びる」

あのとき翠蘭は薄物を引き回した笠をかぶっていて顔が見えなかったから怒鳴ることもできたのだ。そうでなかったらぽかんと見とれてしまったに違いない。

実際、劉翔でさえしばし見とれていた。

「すっげえ美人！」

「あんな美女がこの世にいたとは……」

「仙女なんじゃないか？」

等々、背後で部下たちが感嘆の声を上げるのを聞きながら、廉貞は太い腕を組んでうんうんと頷いた。横目で見れば感涙を浮かべて拝んでいる者さえいる。

向き直って廉貞は野太い声を上げた。

「見たか。あのお美しい方が、我等が大将軍の奥方さまだぞ」

おおー、と兵士たちが誇らしげに拳を突き上げる。

「奥方さまにみっともないところをお見せするわけにはいかないぞ。さぁ、もう一度最初からだ。びしっと決めろ、びしっと」

「おおー！」

目を輝かせ、熱意新たに鍛練を始めた兵士たちに廉貞は満足げな笑みを浮かべて顎ひげを撫でた。

一方、翠蘭は待ち受けていた侍衛に案内されて劉翔の執務室へやって来た。入って正面には書類が積み重なった巨大な執務机が据えられているが、そこに彼の姿はない。

「翠蘭」

名を呼ばれて左手を見れば茶卓があり、劉翔が座って手招きしていた。食事はすでに終え、お茶の支度が整っている。

向かい合わせに座ると、彼は手ずから茶を入れてくれた。

「よい香りです」

芳香ににっこりして口に含む。さらに馥郁《ふくいく》とした香りが鼻腔を抜けていった。

四方を開け放した部屋にさわやかな微風がそよぐ。

翠蘭は執務机に積まれた書類をふと見やった。

「……お仕事大変そうですね」

「報告書を山ほど書かねばならなくてなぁ。戦況報告は定期的に送っていたし、何かあればその都度報告したんだが、今度はそれをまとめる作業がある。記録として残すために間違いがないか確認しなければならない。当分は書類仕事に忙殺されそうだ」

武官と言えど上の立場になればなるほど各部署からの報告に目を通さねばならず、いやでも書類仕事が増えるのだ。

「朝議はいかがでしたか」

「特に大きな問題はなかったな。しかし俺もずっと辺境暮らしで朝議に出るのは初めてだったから緊張したよ」

「京師《みやこ》を離れたのは……」

「七年前、十六のときだ。父帝が崩御され、後を継がれた兄上に驃騎大将軍に任じられ、国境へ向かった。旻に奪われた北西諸州をすべて奪還するまで帰還はまかりならぬと仰せつかって、な」

成人してまもない弟を辺境征伐に赴かせるなんて、追放も同然だ。それも即位してすぐにとは、以前から機会を窺っていたかのようではないか。

白磁の茶碗をもてあそびながら劉翔は独りごちるように呟いた。

「昔から俺は兄上にあまり好かれていない。いや……はっきりと嫌われていると言ったほうがいいな」

翠蘭がハッとすると劉翔はかすかに眉をひそめ、コトリと茶碗を置いた。

「俺が生まれたとき、すでに兄上は皇太子に冊立されていた。張り合う気などなかったが、やはり目障りだったのだろう」

該零を産んだ皇后が没して以降、正式な皇后は長らく不在だった。

ところが父帝は才人（正五品の妃）として後宮に入った汪氏《おう》をにわかに見初め、深く寵愛して徳妃（正一品の四妃の三番目）の位を与えた。

懐妊が明らかになると即座に臣下に諮《はか》り、皇子が生まれてからにしてはと渋る高官たちの意見を退けて正式な皇后に立てた。

立后してまもなく劉翔が生まれ、皇帝は大いに喜んだ。

後宮には数多の妃がいるが、正妻は皇后だけで他はすべて妾である。皇后から生まれた皇子とそれ以外の妃嬪から生まれた皇子では年の順以上の差があるのだ。

しかも劉翔の母は現に皇帝の寵愛を独占しており、当然ながら劉翔も格別の鍾愛《しょうあい》を受けた。猜疑心の強い該零が警戒するのも無理はない。

多くの役職に就いていた先の皇后の一族にとっても、劉翔の存在は鬱陶《うっとう》しいものだった。

汪氏の立后にともなってその弟も取り立てられたが、なにぶんまだ若くて実力が伴わない。名家ではあったものの両親はすでに没し、力のある親族も絶えていなかった。

寵愛を一心に受ける皇后とはいえ、その立場は非常に脆弱《ぜいじゃく》だったのだ。

父帝が急逝すると該零は亡き母后に皇太后位を贈り、汪氏は単なる太后に留めた。そして喪が明けるや否や十六になったばかりの劉翔を驃騎大将軍に任じ、北方へ追いやったのだ。

劉翔は茶碗を卓の上でくるりと回して溜め息をついた。

「別にそれはいいんだ。宮廷は窮屈で居づらかったし、小さいころから武芸が得意だったからな。兵法書を読むのも好きだった。いずれは武官として朝廷に仕えるつもりでいた。その機会が思いがけず早くやって来ただけのこと、目障りな俺が遠くにいれば聖上の御心《みこころ》も安らぐだろう。……ただ、残念でならないのは出征して一年と経たぬうちに母上が亡くなられたことだ。死に目に会えなかったことが心残りでならぬ」

「お墓参りに行きたいです、わたし」

「ああ、今度連れて行く。……母上にそなたを引き合わせたかったな。きっと喜んでくれただろう」

「わたしも義母上にお仕えできなくてとても残念です」

劉翔は微笑んで翠蘭の手を握った。

「実際、そう長く京師《みやこ》にいられるとは思えないんだ。懸案だった旻との争いが終結し、領土を奪還した今、聖上が俺に兵権を持たせておく理由はない。禁軍の総司令官に任じられたが、それもいつまで続くか……。いずれ兵権の返還を命じられるのは確実だ」

「そうしたらどうなるのですか？」

「代わりにどこかの王に封じられるだろう。京師《みやこ》から遥《はる》かに離れた僻遠《へきえん》の地に。封地に下らず居残る王族もいるが、俺の場合はそうもいくまい。……そうなったら一緒に来てくれるか？」

「もちろんです！」

翠蘭は大きく頷いて劉翔の手をぎゅっと握った。

「わたしは劉翔さまと一緒に居たいのです。劉翔さまと一緒ならどこへでも喜んで参ります。連れていってください」

「そうか。嬉しいよ、翠蘭」

「絶対ですよ？　わたし、劉翔さまと離れたくないんです」

「ああ」

劉翔は微笑んで翠蘭の手に唇を落とした。

「絶対に離れない。離さない。……正直、今でも気がかりなんだ」

「何がですか？」

首を傾げる翠蘭に、劉翔は微苦笑した。

「聖上がそなたをまだ諦めていないのではないかと」

「そんな。わたしはもう劉翔さまと結婚したんですよ」

「それですっぱり諦めてくれればよいのだが……。旻の公主が気に入ったようだから、まぁ大丈夫かな」

「お美しい方なのでしょう？　旻の公主さまは」

「確かに美女ではあるが、そなたと比べれば足元にも及ばんよ」

甘い口調に翠蘭は頬を染めた。

「贔屓《ひいき》しすぎですわ」

「妻を贔屓するのは当然ではないか。事実そなたは天下一の美女。いや、天上にもこれほどの美女は居まい」

　大まじめに言って相好を崩す劉翔に苦笑してしまう。

「劉翔さまが褒めてくだされば、それだけで満足です」

「毎日三回以上は褒めちぎることにしよう。他の男に称賛されて靡《なび》かれては困るからな」

「いくら褒められたって靡いたりしません。わたしが好きなのは劉翔さまだけですもの」

　嬉しそうに笑った劉翔が顔を寄せてくる。

　素直にくちづけを受けると彼は溜め息交じりに呟いた。

「夜まで間があるのが残念だな。今ここでそなたを押し倒せたらいいのに」

「だ、だめですっ」

　慌てて距離を取り、くっくと笑う劉翔を睨む。

「仕方ないだろう。かわいい新妻を目の前にして奮い立たぬ男はいない」

　誘惑するような目つきにじゅくんとはしたなく秘処が疼き、翠蘭は真っ赤になった。

「わ、わたし戻ります！　お仕事がんばってください」

　そそくさと一揖して戸口へ向かった翠蘭はふと足を止め、肩ごしに振り向いた。

「……本当にちゃんとお仕事してくださいね？」

「わかってるよ、夫人《おくさま》。ゆっくり語り合うためにもあれらは夕食までにきっちり片づける」

机に山積みの書類をちょいちょいと指さして劉翔はにっこりした。

さらに顔を赤らめて会釈し、翠蘭は足早に立ち去った。控えていた深深と双子の侍女が慌て後に従う。

機嫌よく執務机に向かった劉翔は、「さて……」と呟くときりりと表情を引き締めて仕事に取りかかった。

その夜、翠蘭はふたたび息も絶え絶えになるほど愛された。

何度となく気を遣《や》ってすっかり朦朧《もうろう》となってしまい、ようやっと劉翔が吐精したときにはすでに失神しかけていた。

おかげで翌朝も寝坊してしまい、目覚めたときには劉翔はとっくに出かけた後だった。

またやってしまった……とがっかりする翠蘭を、深深と双子は懸命に慰めた。

昼に帰宅した劉翔に加減してほしいとそれとなく頼んでみたのだが、自分が無理させているのだから起きる必要はない、むしろたっぷり眠って身体を休め、夜に備えてほしいなどと大まじめに言われて開いた口が塞がらなかった。

実際、毎晩わけがわからなくなってすすり泣くことしかできなくなるほど何度も絶頂させられたせいか、翠蘭からはえもいわれぬ色香が匂い立つようになった。

白い肌は真珠のごとく艶やかな光沢をおび、黒い瞳はしっとりと濡れ輝く。花びらのような唇は貪られるほど色艶を増し、甘く熟れほころびながら清純さを失わない肉体に、劉翔は倦《う》むどころか執着を深める一方だった。

今宵《こよい》も寝室に据えられた青銅の香炉から、甘く、どこかほろ苦さを含んだ沈香《じんこう》の香りが立ち上っている。

薄物の帳を下ろした牀榻《しんだい》で、全裸に剥《む》かれた翠蘭は背後からずっぷりと劉翔に貫かれていた。すでに何度も気を遣った身体はすっかり過敏になり、剛直が前後するたびに頼りない嬌声が上がる。愉悦の涙で曇った視界に映るのは乱れた敷布と円筒状の枕だけだ。

翠蘭は枕にすがりつき、高く上げた腰を振りたくっていた。

「あ……あ……あんっ、んんっ」

何も考えられず、快感に溺れながらひたすら腰を揺らす。

二日目の夜、初めて後背位で挿入されたときは恥ずかしすぎて泣きそうだったのに、今ではひどく感じてしまって淫らな心持ちがますます昂《たかぶ》る。

正常位とは肉棒の当たる場所や角度が異なり、それが翠蘭の性感帯をことのほか刺激するようなのだ。

劉翔は様々な体位を試して翠蘭の感じる場所を熱心に探した。

部下から結婚祝いに献呈されたという春宮図《しゅんぐう》を参考に、相当恥ずかしい体勢を取らされて翠蘭は本当に泣きそうだった。

「俺は軍営暮らしが長く、経験に乏しいから女子を悦《よろこ》ばせる術を学ばねば」

などと真面目な顔で率直に言われては、やめてくれとも言いづらい。厭なら正直に言えと言われているが、けっして厭ではないのだ。

ただ、恥ずかしいだけで。……ものすごく恥ずかしいというだけで……！

それでも妻を悦ばせたい一心だと思えば嬉しいし、屈強な偉丈夫の劉翔がなんだかかわいく思えてくる。

勉強熱心な劉翔にありとあらゆる体位を試されたおかげで、今や翠蘭の感じる場所はすっかり把握されてしまった。

弱い場所ばかり立て続けに刺激されれば、快楽を覚えたての翠蘭に抗うことなど不可能だ。できることと言えばただ揺さぶられるままに甘く啼《な》き、抽挿に合わせて淫らに腰を振ることだけ。そんな不器用な翠蘭を劉翔はこれでもかと甘やかし、ひたすら悦がらせようと意を注ぐ。

後ろからの抽挿に追い立てられ、翠蘭はもう何度目かわからぬ絶頂に達した。

がくりと突っ伏し、臀部《でんぶ》を高く掲げて繋がった媚襞をびくびくとわななかせていると、柳腰を掴んで劉翔が猛々《たけだけ》しい肉楔を引き抜いた。

優しく身体をひっくり返され、真正面に突きつけられた屹立《きつりつ》をまじまじと見上げる。もう何度も見ているが、これが狭い花筒にすっぽりと収まってしまうのが未だに信じられない。

翠蘭の視線を受け、そそり勃つ雄茎が武者震いするかのようにぶるんと震える。おずおずと脚を開くと、満足げに目を細めた劉翔が蜜の滴る花弁に先端を押し当てた。

「ンッ……」

先走りで濡れた鈴口が熱い泥濘《でいねい》にぬぷんと沈む。

躊躇《ちゅうちょ》なくずりゅっと刀身を挿入すると同時に彼は翠蘭を抱え起こして膝に乗せた。

「ぁくッ」

ずん、と奥処に突き立てられ視界に火花が散る。頭がクラクラして頑健な体躯にしがみつくと抉るように腰を押し回して突き上げられ、極太の肉棒が上下するたび淫靡に蜜飛沫《しぶき》が飛び散った。

「はふぅっ、んっ、んん、あっ、あっ、やぁあっ……」

無我夢中でかぶりを振り、意味を成さない嬌声を上げる。

「どうだ?　翠蘭」

いつものようにそそのかす口調で問われ、いつものように半狂乱に答える。

「いいっ……気持ちぃ……。気持ちいいです、劉翔さま……ッ」

「もっと欲しいか」

「んっ、んっ。もっとください……もっと……!」

「本当にかわいいな……」

情欲にかすれた声音がさらに性感を掻き立てる。

「劉翔さま、舌……」

吸って、とねだると噛みつくように唇をふさがれた。望みどおりに舌を吸われ、付け根からどっと唾液があふれる。

随喜の涙をこぼしながら翠蘭は舌を絡め、淫らに腰を振り立てた。

またもや訪れた絶頂に背をしならせ、びくびくと身体を震わせる。まといつく蜜襞に剛直を絞り上げられ、劉翔が官能的に呻《うめ》いた。

それでも彼は吐精の衝動をこらえ、むさぼるように翠蘭の唇を吸った。

陰陽の交わりでは女は達すれば達するほどよいとされる。一方、男はできるだけこらえ、いよいよ最後の最後に満を持して放つのだ。

その瞬間の恍惚感《こうこつかん》は双方ともに天にも昇るような法悦を齎してくれる。

今宵、劉翔は精気をまだ練り終えていないらしい。

最後まで付き合えるか若干の不安が頭をかすめたものの、彼がふたたび蜜洞を穿ち始めると翠蘭は何も考えることができなくなってしまう。

満ち足りた眠りが訪れるのは、まだまだ先のようだった。

◇◇◇

婚礼から十日ばかり経ったある日の午後。

書類仕事に飽いた劉翔が侍童に茶を淹れさせて休憩していると、副官の禄存がひょっこり現れた。やや垂れ目で人好きのする顔立ちの青年武官だ。

「どうです、大将。奥方とはうまくいってますか」

「無論だ」

しかつめらしい顔で劉翔は頷いた。

「それは何より。今日はですねぇ、ようやく結婚祝いの品物が出来上がりましたので持ってきたんですよ」

「結婚祝いなら既にもらったが？」

怪訝《けげん》そうな劉翔に禄存が破顔して手を振る。

「いやいや、あんな春宮図なんぞ、ほんの間に合わせにすぎません」

「そうなのか？　上品な絵柄だし、よくできていたぞ。参考になった。翠蘭が恥ずかしがって一緒に見てくれないのは残念だが、強要するわけにもいかんしな」

「奥方は深窓のご令嬢ですからねぇ。……ふむ。となると、本当の結婚祝いを見たら泣いちゃうかもしれませんな」

「……なんだそれは。翠蘭を泣かせるようなものはいらないぞ」

「まぁまぁ。ひとまずご覧になってくださいよ」

にやにやしながら禄存は手を叩いた。

廉貞の先導で兵士たちが数人がかりで家具らしきものを運んでくる。それは紫檀《したん》の無垢材《むくざい》を使った立派な肘掛け椅子だった。

ただ、背もたれの角度が非常に大きく、もたれかかると寝そべるような格好になってしまう。また、肘掛け部分が妙に長く、座面よりかなり前まで出っ張っているのも変わっている。

「……なんだか座りづらそうな椅子だな」

「特注の美人椅子です」

「美人椅子？」

得意げに胸を張った禄存が耳を貸せと身振りする。

怪訝そうに耳を傾けた劉翔は説明を聞いて唖然とした。

「いや……それは無理だろ!?　絶対、泣いて嫌がる」

「そこは大将が巧《うま》く誘導してくださいよ～」

「無理だって。翠蘭を泣かせるなんてもっての外だ」

「毎晩泣かせてるくせに」

「何か言ったか」

ぎろりと睨まれ、禄存は慌ててかぶりを振った。

「いえいえ。ともかく指揮官級から一兵卒まで資金を募り、京師《みやこ》の名工に依頼した逸品なんで、何卒《なにとぞ》お納めを」

「強制したんじゃなかろうな？　そういうのは好かんぞ」

「滅相もない。皆喜んで我先に募金しましたよ。各々の懐具合に応じて」

「それはありがたいが……まさか結婚祝いの品がこれだと知っての上で募金したのか？」

だとしたら揃いも揃ってどうかしてる。

「大丈夫。高級家具を贈ると言っときました。実際、高級ですしね」

けろっとした顔で応じる禄存をげんなりと眺める。

「おまえの発案だな……。そうに決まってる」

「まぁ、そうですけど。辺境で同じ釜の飯を食い、生死を共にした仲間たちからの贈り物なんですよ、ぜひ受け取ってください、ねっ」

そう言われると断りづらい。

う～ん、と眉間にしわを寄せる劉翔に、禄存がだめ押しをする。

「材質は上等な紫檀だし、彫り飾りだってこのとおり素晴らしいでしょう？　これはもう家具というより芸術品です」

「まぁ、な……」

「それにほら。ここを引き出せば脚載せ台になりますから。昼寝にも使えますよ」

禄存は座面の下部に収納してある台を引き出してみせた。

「どうです？　実用性ばっちりでしょ～。あらゆる意味で」

ニッコニッコする副官をジト目で見やり、劉翔は溜め息をついた。

「……おもしろがってるな、おまえ」

「とーんでもない。俺たちみんな、大将と奥方の夫婦円満を心から願っています」

禄存に続いて全員がうやうやしく拱手する。

その言葉が偽りとは思わないが、悪戯《いたずら》心もたっぷり含まれているのは絶対確実だ。

しかし、いらんと突っぱねるのはやはり心苦しくて、劉翔はしかつめらしく頷いた。

「わかった。ありがたく頂戴しよう。後房に運んでおいてくれ」

廉貞が兵士たちに指示して椅子を運び出す。にっこり拱手して後を追う禄存を睨みつけ、劉翔は執務机にどすんと腰を下ろし、しかめ面で仕事を再開した。

第六章　相即不離《そうそくふり》

翠蘭は劉翔のこまやかで濃密な愛に包まれ、幸せな毎日を送っていた。

驃騎大将軍の正室として邸の全員から敬われつつ、家計の切り盛りも少しずつ覚えている。

劉翔が洩らしたように、このままずっと京師《みやこ》にいられるとは限らない。もともと目障りだった異母弟が大きな武勲を立てて凱旋したことで遅かれ早かれ皇帝は警戒心を強めるに違いないからだ。

むしろ京師《みやこ》から離れた封地のほうが安心して暮らせるのではないだろうか。

京師《みやこ》にも実家の白家にも未練はなかった。母が存命なら里心がつくこともあるかもしれないが、もはやあの邸にいるのは単に血が繋がっているというだけで他人同然の人たちだけだ。

奴婢だった母は白家の墓所に入れてもらえず、一束の遺髪と小さな位牌《いはい》だけが形見のすべてだ。それを翠蘭は嫁入りのときに携えて来て、毎日花と線香を手向けている。

父や異母きょうだいに二度と会えなくても別にかまわない。むしろ縁故など頼って来られては劉翔に迷惑がかかる。

なるべく遠く離れた場所にいたほうが気楽だし、劉翔と深深がいてくれればそれでいい。

（深深にもいずれ良縁を探してあげないとね）

幼い頃からずっと側にいてくれた深深は翠蘭にとって異母姉妹よりもずっと親しい存在だ。誰より幸せになってほしい。

もっとも本人は嫁になんか行きません、奥さまの側にずっといますなんて言い張っているが。

結婚から一月ほど経って、翠蘭は劉翔に連れられて彼の母后の墓参りをした。

凱旋した劉翔は母の墓参をした際、墓所のあまりのひどさに愕然とした。

汪太后は劉翔の出征中に亡くなったため、皇帝の指示で葬儀が行われたのだが、先帝の皇后という身分にも関わらずほとんど打ち捨てられたも同然の扱いだったのだ。

皇帝からすれば父の後妻が気に入らないのは当然かもしれないが、汪氏は先の皇后が亡くなって何年も経ってから立后したのだ。皇帝の寵愛を競ったこともなければ蹴落としたわけでもない。

ふたりにはまったく接点がなかったのに、この扱いは不当すぎると劉翔は冷静な口調ながら決然と抗議した。

さすがに気まずかったのだろう。皇帝は慌てて礼部尚書《れいぶしょうしょ》（儀礼を司る部署の長官）に皇太后並みの改葬を命じた。

それだけを取っても皇帝が劉翔の帰還を期待していなかった——というより帰って来ないこ

とを期待していた――ことがわかるというものだ。

劉翔はあくまで臣下としての立場を厳守しているが、正式な皇后であった母の扱いの不当さだけは我慢ならなかった。彼の要求は当然のことであり、臣下の誰からも文句は出なかった。

そしてこのたびようやく新しい墓が完成し、たくさんの供物を携えての墓参となったのだ。柩《ひつぎ》を安置した墓室の前で祭礼を行い、改めて結婚の報告をした。

母に仕えた宮女や宦官のほとんどは今上帝が抱える大勢の妃嬪たちや他の部署に引き抜かれていたが、墓守として仕え続けている者たちもいた。劉翔は彼らに年金を与えて墓所の維持を命じ、希望者は邸の使用人として迎え入れた。

翠蘭は劉翔と並んで線香束を手に拝礼し、妻として生涯に亘《わた》って彼を支えますと誓った。

墓守のひとりにかつて汪太后の侍女頭を務めた女官がいて、殿舎からひそかに持ち出した巻物を劉翔に献上した。

それは先帝が健在だった頃に描かせたという汪氏の絵姿で、母の死に目に会えなかったことを残念がっていた劉翔は非常に喜んだ。

元侍女頭が涙ながらに訴えるには、汪氏が没すると皇帝付きの宦官たちが殿舎に乗り込んできて、下賜品や宝飾品、衣服の他、目についた高価な品物を根こそぎ奪っていったそうだ。

汪氏の絵姿は他にも何枚かあったのだが、侍女頭が咄嗟《とっさ》に隠したひとつを残してすべてびりびりに破かれてしまったと言う。

それを聞いた劉翔は怒るよりもむしろ悲しそうに眉をひそめて呟いた。

「兄上は、母のことも俺のこともよほどお嫌いなのだな……」

わびしげに嘆息する彼の腕に翠蘭がそっと手を添えると、劉翔は気を取り直して微笑んだ。

「ひとつでも残っていてよかったよ。母上がどのような方だったかそなたに見てもらえる」

「はい。目許が特に似ておられますね」

寵愛を独占しただけあって、汪氏は玲瓏《れいろう》たる美女だった。おっとりと優しく儚げな美貌の持ち主だ。

すっきりと整った目鼻立ちは劉翔とよく似ているものの印象はだいぶ違う。劉翔のまとう雰囲気は武人らしく堂々として剛毅《ごうき》木訥《ぼくとつ》だ。そちらは父である先帝に似たのだろう。

墓参を終え、馬車に乗って帰宅の途に着いた。墓所は京師《みやこ》の城壁外にある。翠蘭は窓紗《カーテン》を開けて景色を眺めた。

この前京師を出たのは二か月近く前。方向は全然違うが、あのとき劉翔と出会ったのだと思うと不思議な感慨を覚える。

(前の世の絶望を繰り返したくなくて、宮女選抜から逃げて……)

今生では出会うはずのなかった彼にめぐり会ってしまった。前世ではお互いに正体を隠していたが、今度は偽ることなく出会えたのだ。

彼は最初から劉翔として翠蘭を愛してくれた。桃月という前世の彼がくれた名前も好きだったけれど、それは大切な思い出としてひっそりと胸の奥底にしまっておこう。

あまりにも短かった、幸せな時間の記憶とともに。

「――翠蘭？　どうした」

とまどった劉翔の声に我に返り、翠蘭は自分が涙をこぼしていたことに気付いた。

急いで涙をぬぐい、にっこりと微笑む。

「劉翔さまと出会ったときのことを思い出していました」

「ああ……。そういえば京師《みやこ》の外だったな、あれも」

頷いて劉翔はふと考え込むような面持ちになった。

「そなたを見たとき、何故か初めて会ったという気がしなかった。いつかどこかで出会ったように思えてならなくて……。そなたがあまりに美しすぎるので、理想の女子として夢で会ったのかもしれないな」

翠蘭は赤くなった。

「真顔でそんなことを言われては照れてしまいます……」

「本当のことなのだから仕方ない。しかし、あのときそなたに出会えて本当によかった。もしも宮女として後宮に入っていたら出会う機会はなかっただろう。あるいは偶然すれ違って一目惚れして、すでに兄上の妃だったかと絶望のあまり世を呪ったかもしれないな」

苦笑交じりの言葉にぎくりとしてしまう。青ざめた翠蘭に気付いて劉翔は慌てた。

「真に受けるなよ、ちょっとした冗談だ」

「怖いこと仰らないでください。劉翔さま以外の方に嫁ぐくらいならわたしは尼になりますから……！」

「そうだったな、そなたは宮女になりたくない一心で尼になろうと家出した。外見はたおやかなのに実は激しい気性の持ち主だ。そういうところがまたかわいくて、放っておけない」

彼は翠蘭を抱き寄せ、なだめるように背を撫でた。

「心配するな、けっしてそなたを尼になどさせぬ。そなたは俺の妻。生涯唯一無二の大事な伴侶なのだから」

「劉翔さま、わたし……聖上が怖いのです」

「大丈夫だ、俺が付いてる。兄上といえど絶対に手出しはさせぬ。他のすべてを諦めても、そなただけは譲れない。何があろうと、けっして譲りはしない。……そう、たとえ兄上に背いたとしても」

「劉翔さま……？」

不穏な呟きに目を上げると彼はフッと笑って翠蘭の唇をふさいだ。

「ん……っ」

情熱的なくちづけにどくんと鼓動が跳ねる。広い背中に腕を回し、舌を差し出すと、思うさまじごかれ、ねぶられて甘い疼きに恍惚となった。

口腔を舐め尽くされる快美感に襦裙の下でツンと乳首が峙《そばだ》ってしまう。はしたなく下腹部が疼き、翠蘭は赤面した。

ほとんど毎晩のように——ときには真っ昼間から——求められ、翠蘭の身体はすっかり過敏になってしまった。

劉翔が言うようにもともと感じやすかったのかもしれないが、春宮図を参考に挑まれ続けたせいか、ほんの少しの刺激でもたちまち花弁がほころび、熱い楔を迎え入れるべく愛蜜が滴り始めてしまう。

察したように裳裾《もすそ》を捲られ、翠蘭は慌てて彼の手首を掴んだ。

「だ、だめです、劉翔さま。馬車の中なんて、絶対……っ」

「そうか？　この振動でたやすく何度も達《イ》けるぞ、きっと」

「余計にだめ！」

そんなことになれば絶対足腰立たなくなる。劉翔に抱えられて降りるはめにでもなれば、馬車の中で何をしていたのか供奉《ぐぶ》の者たちに知られてしまうのは必定だ。

「俺は邸まで我慢できるが、そなたは無理だろう」

「わ、わたしだって我慢できますよ！」

「いや、無理だ。もうすっかり濡れてるはずだからな」

彼は無造作に裳裾を捲り、するりと内腿を撫でた。

「……！」

ほんの一撫ででぞくぞくしてしまい、反射的に口許を押さえる。彼の指が茂みを掻き分け、蜜溜まりにぬぷんと沈んだ。

「ほら、濡れ濡れじゃないか」

甘い口調で卑猥なことを囁き、罰を与えるかのように耳朶《じだ》を食まれる。

「〜〜っ」

涙目で睨みつけても彼は憎たらしくも涼しい顔だ。

「感じているそなたは艶っぽすぎて危険だから、何度か気を遣っておいたほうがいい」

勝手なことをうそぶいて劉翔はぬぽぬぽと指を抜き差しし始めた。

「うくっ、んんっ……」

否が応にも性感を掻き立てられ、翠蘭は濡れた睫毛をぎゅっと閉じ合わせた。

武骨な指が敏感な花筒を容赦なく前後し、さらに馬車の振動が加わって、とても長くは堪えきれない。

武器の扱いや鍛練によって皮膚が固くなった指先で、感じ入る場所をこりこりと探られ、たちまち翠蘭は陥落した。

びくびくと蜜襞が痙攣し、挿入された指を貪婪《どんらん》に食い締める。

甘い喘ぎを洩らす半開きの唇になだめるような接吻を繰り返しながら、劉翔はさらに指戯を深めた。

翠蘭は彼にすがりつき、がくがくと身体を揺らした。

自分が動いているのか、単に馬車の揺れなのかもうよくわからない。与えられる快感に溺れ、忘我の境地に押しやられる。

結局、翠蘭は三度も気を遣ってしまった挙げ句、ようやく解放された。

乱れた裳裾を直し、機嫌を取るように繰り返し甘くくちづけられる。

「許せ。そなたの恍惚とした顔は何度見ても飽き足らぬ。というか……時折妙に気が急いて、確かめたくてたまらなくなる」

「確かめるって、何をです……？」

「そなたの情を。そなたが愛しているのは俺で間違いないという確信が欲しくなるのだ」

翠蘭は驚いて居ずまいを正した。

「わたしが愛しているのはもちろん劉翔さまただおひとりですわ」

「わかってる。疑っているわけではないのだよ。自分でも、どうしてこのような落ち着かない気分になるのかよくわからん。すまない、許してくれ」

ふるっ、と翠蘭はかぶりを振った。

「いいんです。怒ってません。ただ、その、は……恥ずかしくて。劉翔さまに触れられるとすぐに、その気になってしまうのが……。わたしは淫乱な女子なのでしょうか」

「夫に触れられてその気になる妻を淫乱とは言わぬ。愛らしい、かわいい妻だ」

甘く微笑んだ彼は、ふと窓紗《カーテン》の端を捲って外を眺めた。

いつのまにか馬車は京師《みやこ》に入っていた。驃騎大将軍の一行であることを先触れが告げているから城門で止められることはないのだが、それにしても馬車の中で淫らな戯れに耽っていたことが改めて恥ずかしくなる。

劉翔はまるで気にしたふうもなく、騎馬で並走している副官に窓から呼びかけた。

「禄存」

「何か？　大将」

「せっかくの外出だし、ちょっと寄り道したいんだが。市場をぶらぶらして翠蘭に何か小物でも買ってやろうかと」

「わかりました。ここからだと東市のほうが近いですね」

禄存はきびきびと頷き、隊列に指示を出し始めた。

「もうたくさん素敵なものをいただいておりますから」

遠慮する翠蘭に劉翔が笑いかける。

「そなたと一緒にぶらつきたいのだ。付き合ってくれ」

「は、はい。それはもちろん」

公務や軍務で何かと忙しい劉翔は、そうそう気軽に遊びに出かけるわけにもいかない。

今回の墓参もようやく丸一日休暇が取れてようやく実現したのだ。帰宅を惜しむ気持ちは翠蘭も同じだった。

やがて馬車が人通りの少ない裏路地に止まった。隊列は先に帰し、手練の侍衛ひとりと深深だけを伴ってぶらぶらと市場へ向かう。

大門をくぐると二階建ての店舗が道の両側にずらりと並んでいる。大勢の人々が行き交う活気あふれる光景に翠蘭は目を瞠った。

「すごい賑《にぎ》わってますね！　東市に来たのは初めてなんです、わたし。実家は西市のほうが近かったので」

「ああ、そうだな。邸からはこっちのほうが近い。護衛と侍女を伴えばいつでも買い物に来ていいぞ」

はい、と翠蘭は微笑んだ。深深も嬉しそうだ。

白家にいた頃も、たまに市場を訪れては立ち並ぶ店を冷やかして歩いた。お金がなくて大抵は見るだけだったが、屋台で美味しそうな揚げ菓子や肉まん、焼餅などを買って食べるのが楽しみだったのだ。

物珍しげに店頭を眺めていると前方から威勢のよい掛け声を上げながら荷車が走ってきた。咄嗟に劉翔が腕を掴んで引き戻す。

「危ないから手をつなごう。人ごみではぐれるかもしれないし」

「そんな子どもじゃありません」

顔を赤らめながら、翠蘭は差し出された手をおずおずと握った。人前で手をつなぐのは初めてで、ドキドキしてしまう。

「欲しいものがあれば遠慮なく言え」

「劉翔さまと一緒に見てるだけで楽しいです」

にっこりすると彼は少し照れたように目許を赤らめた。

広大な帝国からは様々な物資が集まってくる。遠い異国からやってきたものもたくさん並んでいた。

ずらりと並んだ店舗の他に、通りのあちこちに屋台も出ている。手頃な装飾品や団扇《うちわ》、絵図を並べた屋台の前ではたくさんの人だかりがしていた。

後ろを歩く深深は花より団子のようで、もっぱら食べものの屋台に熱心に目を向けては『おいしそう～』と歓声を上げている。

「何か買いたいものはないのか？」

「特には……。必要なものは揃っていますから」

「そなたは無欲だな」

苦笑した劉翔が、ふと足を止めた。少し先の店に身なりのよい女性たちが出入りしている。

「あそこは女子が好みそうなものを色々と売っていそうだ。行ってみよう」

店先から覗いてみると、そこはなかなか高級そうな宝飾品を扱う店のようだった。

「どうぞどうぞ、お入りになってごゆっくりご覧くださいませ」

一行に気付いた番頭が愛想笑いを浮かべていそいそと出てきた。服装で上客と見込んだのだろう。立て板に水と歌うように口上を述べる。

「金細工、銀細工、珊瑚《さんご》に真珠、玉、宝石、象牙。櫛に腕輪に首飾り、耳飾り、簪《かんざし》、釵《さい》（二股の簪）、歩揺《ほよう》（揺れる飾りのついた簪）、様々取り揃《そろ》えておりますよ」

「入ってみよう」

劉翔に促されて店内に入ると、中にはゆったりと間隔を取って円卓が置かれていた。

裕福そうな女性たちが茶を喫しながら卓上に並べられた宝飾品を手に取って眺めたり、試着して侍女に持たせた鏡を覗き込んだりしている。

「本日はどのようなお品物をお求めで？」

番頭の問いに、劉翔が目顔《めがお》で翠蘭に尋ねる。翠蘭は困って眉を寄せた。遠慮しているわけではなく、本当に思いつかないのだ。

衣装も装飾品も翠蘭の基準ではもう必要充分以上にあり、髪に挿す簪を毎朝選ぶ楽しみもある。実家にいた頃は二本しかなくて交互に使うしかなかったことを思えば、選べるだけで充分に贅沢だ。

「玉製品などどうだ？　確か持ってなかったよな」

「そうですね……」

「玉の腕輪と簪をいくつか出してくれ」

「ただいますぐに！」

番頭は揉み手をせんばかりの笑顔で頷き、奥へ引っ込んだ。

別の店員が茶を運んでくる。茶器はいずれも値が張りそうなものばかり、この店の客層がかなり高いことは間違いなさそうだ。

劉翔が裕福なことはわかっていても、倹《つま》しい暮らしの記憶がまだ抜けきらない翠蘭はそわそわしてしまう。

やがて品物を入れた匣を捧《ささ》げ持つ店員を従え、番頭が戻ってきた。

意匠の異なる翡翠《ひすい》の腕輪や簪を卓上に並べていると、奥から恰幅《かっぷく》のいい中年の男が小走りにやってきて拱手拝礼した。この店の店主だそうだ。居合わせた客のお喋りから劉翔に気付いたらしい。

劉翔は皇族であるだけでなく、敵国を打ち負かし、北方諸州を見事奪還した今をときめく英雄だ。彼がこの店で買い物をすれば格好の宣伝材料になる。

妻とふたりでゆっくり選びたいと言うと、店主は満面の笑みで『いつでもお声がけください』と下がり、少し離れた場所に抜かりなく控えた。

近くの卓に付いている客は自分たちの買い物より大将軍夫妻に興味津々の様子で、ちらちらとこちらを窺っている。

注目されることに慣れない翠蘭はどうにも落ち着かなかったが、せっかく劉翔が誘ってくれたのだからと気を取り直して並べられた宝飾品を眺めた。

半透明の深緑の宝石である玉は産地が遠いこともあって、黄金や他の宝石よりもずっと高価で珍重されている。玉を身につければ災いを遠ざけることができるという。

劉翔はあれこれ手にとっては翠蘭の髪に挿したり、腕輪を嵌《は》めさせたりしたが、どうも納得がいかないようだ。

「悪くはないが、何か違う気がするな」

「どれも素敵ですけど……」

翠蘭としては劉翔が気に入ったものを選ぶつもりでいた。どれも甲乙つけがたいし、自分が身につけることで彼が喜んでくれるものがいい。

眉をひそめて考え込んでいた劉翔は、ふと顔を上げて店員を呼んだ。

「白いものはないか?」

「ございます!　すぐにお持ちいたしますのでしばしお待ちを」

すっ飛んできた店主は顔を輝かせて大きく頷き、自らいそいそと奥へ引っ込んだ。すぐに小さな匣を大事そうに抱えて戻ってくる。

「こちらは最近入荷したばかりでして、まだどなたにもお見せしていないのですよ」

秘密めかして囁きながら店主は匣から取り出した品物を錦の布の上に並べた。劉翔は嬉しそうに歓声を上げた。

「これだ、これだ。ふつうの玉も悪くないが、翠蘭には白玉のほうが似合う」

彼が手に取った白玉の腕輪を見て翠蘭は息をのんだ。脳裏に前世の記憶が蘇《よみがえ》る。

素性を知られる前の最後の逢瀬。劉翔は美しい白玉の腕輪を贈ってくれた。似合いそうなものを京師《みやこ》じゅう探し回り、やっと見つけたんだ……と。

それは透明感のある乳白色の玉で作られた腕輪で、龍をかたどった彫刻が施されていた。彫りも見事だが、とろりとした光沢を放つ純白の玉はとりわけ神秘的だ。

店主がすかさずお愛想を叫んだ。

「さすがお目が高い！　それは白玉の中でも最高峰とされる羊脂玉《ようしぎょく》でございます。なんと言ってもこのとろみのある光沢が特徴でして、手触りもしっとりとして実にきめ細かく、潤いがあります」

翠蘭は劉翔が嵌めてくれた腕輪をまじまじと見つめた。

記憶にあるものとまったく同じだ。

懐かしい、このなめらかな手触り。いつも腕に嵌め、外からわからないよう長い袖口で隠していた。劉翔を想いながら唇を押し当て、そっと頬擦りをした。

その腕輪がここにある。

前世で劉翔が贈ってくれた腕輪。今生の彼にその記憶はないはずなのに、同じものを翠蘭に似合うと言って勧めてくれた。

前世でも彼の愛は本物だったのだ。本当に彼は翠蘭を愛してくれていた。

あのときまでは――。

胸がいっぱいになり、しゃくりあげそうになるのを唇を噛んでこらえる。ふいにうつむいた翠蘭を心配して劉翔が顔を覗き込んだ。

「どうした？　気に入らないなら別のものにしよう。なんでもそなたの好きなものを――」

「いいえ！」

強い口調で遮り、顔を上げて翠蘭はにっこりした。

「わたし、これが好きです。とても気に入りました」

劉翔が安堵の笑みを浮かべる。

「そうか。ではこれを貰《もら》おう」

「ありがとうございます」

店主が深々と頭を下げる。

「ついでに簪もどうだ？　……これなど少し桃色がかったように見えるが、髪に挿すなら真っ白よりもいいかもしれないな」

劉翔が選んだものを髪に挿しては店員が用意した銅鏡を覗き込んで確かめる。

あれこれと試してみて、翠蘭はほんのりと桃色がかったものと黄色みをおびたものの二本を選んだ。

腕輪は嵌めて帰ることにし、簪は代金を受け取りがてら邸に届けてもらうことにした。気に入ったものが買えた劉翔は、実際に身につける翠蘭よりもご満悦の様子だ。総額は相当なものになったはず。店主と番頭、店員たちが総出で深々と頭を下げ、丁重に送り出された。

「帰る前に茶館で一休みしていくか」

劉翔は市場の目抜き通りに面した茶館に目をつけ、見晴らしのよい二階に案内させた。開け放たれた窓には日除《ひよ》けの布が張り出し、直射日光を遮っている。そよそよと風が吹き抜けて心地よい。

茶菓を楽しみながら二階から市場の賑わいを眺めていると、どこからか怒鳴り合う声が響いてきた。

「なんの騒ぎだ？」

劉翔は欄干越しに見下ろして眉をひそめた。通りの端のほうで人だかりがしている。

「ちょっと様子を見て来るか。待っててくれ」

「お気をつけて」

翠蘭は頷いて見送った。

二階から見ていると劉翔が侍衛を連れて人だかりのほうへ走っていく。市場の治安維持は彼の職務ではないが、武官としてはやはり放置できないのだろう。

「喧嘩《けんか》でしょうか」

深深が心配そうに言う。

「そうかもしれないわね。これだけ大勢の人がいれば些細《ささい》なことで言い争いになってもおかしくないわ」

頷いた深深は何気なく通りの反対方向に目を遣って歓声を上げた。

「あっ、あそこにあんず飴《あめ》の屋台が出てます！　奥さま、買ってきてもいいですか⁉」

「いいわよ。どうせなら、みんなの分も買ってきてくれる？　わたしも食べたいし」

「はーい」

深深はうきうきと席を立った。

翠蘭はお茶を飲みながら通りの左右を交互に眺めた。劉翔が駆けていったほうでは騒ぎは収まったようだが、どうなっているのかここからは見えない。

逆方向のあんず飴の屋台前は先ほどまで誰もいなかったのに、どういうわけか急に人だかりがして、深深はその後ろになってしまった。

やきもきと順番待ちをしている後ろ姿に思わず笑みを洩らすと、急に卓の側で声がした。

「いたいた。ほら、見てみろよ」

何事かと振り向くと、見知らぬ青年四人に取り囲まれていた。全員が上等な衣服をまとい、いかにも金持ちのドラ息子といった傲慢そうな顔つきをしている。

「何かご用ですか？」

怖《お》じ気《け》づきそうになるのをこらえ、毅然と問う。

四人は顔を見合わせてどっと笑い声を上げたかと思うと勝手に席に上がり込んできた。窓際にいた翠蘭は囲まれて出るに出られなくなってしまう。

ぷんと酒精のにおいがした。昼日中から相当飲んでいるようだ。

「いやぁ、店の前を歩いてたら二階の席に天女のごとき美女が見えたんでね。確かめに来たってわけさ。ひとりじゃ寂しいだろ。付き合ってやるよ」

「連れがおりますので」

「へぇえ、どこに？」

首領格らしき男がわざとらしく首を伸ばして店内を見回す。間の悪いことに二階には他の客がいなかった。

「お屋敷をこっそり抜け出してきたお嬢さまってとこだよな。市場見物なら俺たちが付き合ってやるって。こんなしけた茶館より、もっとおもしろいところへ行こうぜ」

ぐいと手首を掴まれ、きつくなった酒のにおいに翠蘭は顔をしかめた。

「放してください」

振りほどこうと身を捩ったが、非力な翠蘭に敵《かな》うわけもない。

強引に席から連れ出されそうになって必死に抗っていると、冷ややかな凄みをおびた声が聞こえてきた。

「手を離せ」

「ああ？」

翠蘭の手首を掴んだまま、男は見得《みえ》を切るようにぐるんと振り向いた。いつのまにか戻ってきていた劉翔が無表情に仁王立ちしている。

その体格の良さに男は一瞬ぎょっとしたものの、気を取り直して睨みつけた。

「なんだぁ？　俺さまが誰だか知っててそんな口をきいてるのか、貴様」

「誰だろうが関係ない。俺の妻に触れるなと言っている」

劉翔は男の襟首を掴み、こともなげにひょいと放り投げた。床に転がった男に他の三人が慌てて駆け寄る。

跳ね起きた男は屈辱で顔を真っ赤に染めて怒鳴った。

「ぶ、無礼者っ！　俺は皇后の甥《おい》なんだぞ⁉」

「ほう、そうか。ちなみに俺は皇帝の弟だ」

「ふざけんな、貴様っ」

激怒する男を仲間が慌てて抑える。

「ちょ、待てって。やばいよ、本物だよ、これ。驃騎大将軍の皇弟殿下だ……！」

「なん……んん⁉」

わめいていた男の顔が、さーっと青ざめる。男は口をぱくぱくさせたかと思うと、はじかれたように飛び起き、捨《す》て台詞《ぜりふ》を残す余裕すらなく全速力で逃げていった。

「大丈夫か？」

急いで傍らに座った劉翔が心配そうに手首をさする。翠蘭はホッとして頷いた。

「すぐに劉翔さまが来てくださったので」

「すまん。喧嘩の仲裁をしていて遅くなった。双方とも頭に血が上っていてな。駆けつけた役人に引き継いで急いで戻ってきたのだが……」

詫びに現れた茶館の店主がぺこぺこする。劉翔は店主に尋ねた。

「皇后の甥と言っていたが、本当か？」

溜め息まじりに店主は頷いた。

「さようでございます。他の三人もお妃さまの弟君やら大臣のご子息やらで……。あちこちでつけで品物を持って行かれたり、飲み食いされたりした挙げ句、お代をいただきに行っても知らぬ存ぜぬで踏み倒されるのがおちでして……。かといって断れば大暴れして店をめちゃめちゃにされます。役人に訴えても腫れ物に触るような扱いで。やむなく金品を渡しておとなしくしていただいているような次第でして」

眉をひそめながら聞いていた劉翔は憮然と頷いた。

「もしも奴らに仕返しなどされたら軍府に報告してくれ。必要な処置を取る」

店主が三拝九拝して謝意を表していると、深深が軽い足取りで階段を上ってきた。舟形に折った経木を両手で捧げ持っている。

「あんず飴買えました、奥さま！　――あ、あれ？　どう……したんですか……？」

ものものしい雰囲気にたじろいだ深深は、事情を聞くと青ざめて泣きだしそうになった。

「申し訳ありません！　わたしが付いていれば……」

「いいのよ、深深。路上ならともかく、まさか茶館の二階で絡まれるなんて思いもしなかったもの。ほら、あんず飴を食べたら？　水飴《みずあめ》が溶けちゃうわ」

こわごわと自分を窺い見る深深に、劉翔が苦笑する。

「今回は間が悪かっただけだ。今後は気をつけなさい」

「はい！　申し訳ありませんでした」

店員に熱い茶を淹れ直させ、あんず飴をみんなで食べた。

帰りは轎《かご》を呼ぼうかと劉翔が言ってくれたが、さほどの距離ではないので歩くことにした。

劉翔と手を繋いで歩くうちに怖い思いをしたことなどすっかり頭から消え去り、翠蘭は手首で揺れる羊脂玉の腕輪の感触にしみじみと幸せを感じていた。

それからまた平穏な日々がしばし続いた。

盛夏となった京師《みやこ》は毎日暑かったが、広々とした院子《なかにわ》のある邸は風がよく通って過ごしやすい。

茶館で絡まれた経験から、翠蘭は護身術を学ぶことにした。

劉翔の稽古を見学していてふと思いついて言ってみると、それなら侍女の双子に習うといいと勧められた。

春鶯と迦陵はかわいらしい見かけによらず、実は武芸の達人なのである。

墓参りのときはたまたま祖母が急な病となったため、一家で見舞いに行っていた。

後から話を聞いた双子は憤慨し、これからは何があっても必ずどちらかひとりは残ると誓った。護身術を学ぶことにも賛成し、翠蘭と深深に稽古をつけてくれた。

朝稽古をしてから汗を流し、朝食を取るのが日課になった。

奥院子の中心に植えられた海棠がさわさわと葉擦れの音を立てるのを、葡萄棚を作った露台《テラス》から眺めるのが翠蘭のお気に入りだ。

邸の女主人としての生活にもだいぶ慣れた。

ただ、朝議に出かける劉翔を見送ることが未だにできないのが悩ましい。時々は目が覚めるのだが、起きようとすると劉翔に止められてしまう。

結婚して一月経っても劉翔は相変わらず翠蘭に甘い。そして差し障りがなければほぼ毎晩のように抱き合っている。

劉翔は朝議から戻っても庁堂か公邸で仕事や訓練をしており、原則夕食まで帰宅しない。仕事が立て込んでいないときは午後にお茶を一緒に飲むこともある。

彼が武芸の稽古をするのを見学させてもらうのも楽しみのひとつだった。翠蘭には持ち上げるのもむずかしい重量の大刀や槍を軽々と振り回す劉翔にはつくづく感心してしまう。

鍛え上げられた頑健な体格をしている劉翔は、一方では軽功《けいこう》の使い手であり、驚くほど身が軽い。高い壁でもちょっと助走するだけで駆け上がってしまう。

よくそれで副官たちと邸中を駆け回っている。遊びの要素もあるようだが、一応ちゃんとした訓練らしい。

いずれ軽功も習いたいと翠蘭はひそかに考えている。

あんなふうに軽々と跳躍したり疾走するのは無理だとしても、護身術の一環として、たとえば暴漢に掴みかかられそうになったときにさっと躱《かわ》せればかなり違うと思う。

武人の妻なのだから、たしなみ程度でも武術を学んでおかなくては。

(それにしても、やっぱり劉翔さまはすごいわ……)

重量級の武器を難なく扱えるというだけでなく、その動きが俊敏かつ正確無比、そして舞踏のように流麗でもある。

事実、彼は剣舞の名手でもあった。

彼が兵士たちから絶大な支持を得ているのは、皇族という身分の高さや驃騎大将軍の地位よりも、実際に彼が勇猛果敢な武人だからだ。

禄存や廉貞から聞いた話では、戦闘となると劉翔は真っ先に飛び出していくからいつも護衛が大変なのだそうだ。

当然、生傷が絶えないし、重傷を負ったことも何度もある。実際、彼の身体には大小様々な傷跡が残っている。

「奥方にめろめろになって腕が落ちたかと思ったら、とんでもなかったですよ」

一対一の試合を申し込み、粘ったものの結局完敗した禄存が盛大な溜め息をついてぼやいた。

「なんなんですか、ますます強くなってるとか。反則っすよー」

「気がうまく循環しているおかげかな」

「ははぁ、房中術ですな」

禄存がニヤリとし、見学していた翠蘭は思わず赤くなった顔を袖で隠した。

「ちぇっ、色惚《ぼ》けしてる今なら勝てると思ったのになぁ」

「誰が色惚けだ、ふざけるな」

「うげ……っ」

すかさず拳を叩《たた》き込まれ、身体を折って禄存が呻く。

「さしずめおまえは平和惚けだな。のらくらしてるとまた戦場に立つとき苦労するぞ」

「俺だって毎日欠かさず訓練してますって」

禄存は不平そうに下唇を突き出した。

じゃれあいを微笑ましく眺めながら、翠蘭はふと彼の言葉に不安になってしまった。

(劉翔さまがふたたび戦場へ送り出されることはあるのかしら……)

戦争は終わり、辺境は平定された。彼が危険な任務に赴くことはもうないはずだ。

前世のように叛乱が起こることもない。翠蘭は後宮に入らず、皇帝は卒中を起こしていないのだから。

皇后や高官の身内が街で大きな顔をしているようだが、そういうことは平時から珍しくもない。

いくらそう自分に言い聞かせても、翠蘭の心には地平線の彼方《かなた》の黒雲のような不安がしつこくわだかまっている。

それが消えるのは劉翔の腕に包み込まれているときだけ……。そのときだけは、彼の確かな心音とぬくもりに、憂いを忘れることができるのだった。


九月に入って昼の暑さもだいぶ収まり始めた頃、翠蘭の元をひとりの客が訪れた。

窓を開け放した心地よい居間で刺繍をしていると、深深が息せき切って現れた。

「奥さま！　夏清《かせい》さまがいらっしゃいました！」

「……えっ？」

刺繍枠《ししゅうわく》を取り落としそうになり、慌てて持ち直しながら訊き返す。

「夏清兄さま？　本当に？」

「はいっ」

「でも……夏清兄さまは南の琴《きん》州にいるはずよ？」

「最近戻られたそうです。白家に挨拶に行って、奥さまがこちらへお輿入《こしい》れになったと聞いて驚かれて。お祝いの品を持参したと……」

「今どちらに？」

「第二院子《なかにわ》でお待ちいただいています。旦那さまがご不在なので、どちらにお通しすべきかと執事が」

「そうね……」

翠蘭は考え込んだ。

白夏清は叔父の息子だから血縁のある従兄弟だ。

私的な領域である後房へ招くことのできる男性は親族のみ。従兄弟も含まれるとはいえ、かれこれ五年くらい会っていないし、劉翔が留守のときに私室で会うのは憚《はばか》られた。

「公邸の翡翠《かわせみ》の間にお通しして、お茶をお出しして。あそこはわたしが自由に使っていいと言われているから」

「かしこまりました」

深深が執事に伝えるべく出て行く。

「お着替えなさいますか?」

双子に尋ねられ、翠蘭は頷いた。

「上衣だけ替えるわ。生地が厚めで透けないものに」

双子が紫色の衫襦(ブラウス)を出してくる。

「これなら今お召しの蘇芳色の長裙にも合うかと」

翠蘭は頷き、手早く着替えて髪をちょっと直してから部屋を出た。


翡翠の間に入っていくと、卓子《テーブル》で所在なげに茶を飲んでいた青年が笑顔で立ち上がった。

「翠蘭!　久し振りだね」

「ご無沙汰してます、夏清兄さま」

拱手一礼すると白夏清は苦笑した。

「やめてくれよ、他人行儀だな。……それにしても大人っぽくなった」

「十八だもの、もう大人よ。結婚もしたし」

「そうだな……」

溜め息をつく夏清を促し、卓子に向かい合って座る。

翠蘭にお茶を淹れた深深が退くと、ふと思い出したように夏清は言った。

「あの侍女、見覚えがあるな」

「深深よ。ずっと一緒にいてくれるの」

「ああ、あの子か」

頷いて夏清は茶を干した。お代わりを注ぎながら翠蘭は尋ねた。

「いつ京師《みやこ》に?」

「三日前だ。琴州での商売が軌道に乗って、京師にも店を出すことになってね」

「文具のお店ね」

「うん」

彼の父・白省五《しょうご》は翠蘭の父・呉徳の異母弟で、京師で下級役人を務めていたのだが、邸のあった坊里《ぼうり》（街区）が火災に遭い、しばらく同居していたことがある。

夏清は翠蘭より六歳年上で、身内ではもっとも親しくしていた。同居していた頃は彼が庇《かば》ってくれたおかげであまり苛められないで済んだ。

五年前、彼の父は県令《けんれい》（県知事）に任官されて地方に下った。そこで夏清は科挙《かきょ》の地方試験である郷試《きょうし》に合格したのだが、官吏になるより商売がしたいと言い、父を説き伏せて琴州で文具を扱う店を営んでいた母方の伯父の元へ身を寄せた。

実際、彼には商才があったようで、ほんの小商いに過ぎなかった伯父の店はどんどん大きくなり、州内に支店を出すまでになった。

「順調だという話は聞いていたけど、ついに京師《みやこ》にも出店するのね。おめでとう」

「ありがとう。——そうだ、結婚祝いを持ってきたんだ」

彼は卓子《テーブル》に置いていた美しい漆塗りの匣を翠蘭のほうへ押しやった。

蓋を開けてみると、そこには文具四宝——紙・筆・墨・硯《すずり》が収められていた。色合いと手触りの異なる数種類の紙、太さの違う二本の筆。陶器の筆置きもある。

硯を手に取って眺め、翠蘭は感嘆した。

「まぁ、なんて綺麗なのかしら」

紫がかった緑色の石で、鳥の目のような斑点が入っている。縁にはこまかな彫刻が施され、実用品でありながら芸術性を備えた美術品のような硯だ。

「端渓《たんけい》の石を使って名工が彫刻を施した逸品だよ。気に入ってもらえたかな」

「もちろんよ、ありがとう」

「喜んでもらえたのは嬉しいけど、まさか結婚祝いになるとはね……」

「……え？」

深い溜め息に翠蘭はとまどった。夏清はどこか恨めしげに翠蘭を見つめる。

「僕を待っていてくれると思ったのに」

「待つ……?　――ちょ、ちょっと待って、夏清兄さま!　わたし、そんな約束してないわ」

　意味を悟って翠蘭は慌てた。

「伯父上から聞いてない?　何も?」

「き、聞いてないわ。なんのこと?」

　混乱する翠蘭に、ふたたび夏清は嘆息した。

「父に従って京師《みやこ》を離れるとき、伯父上に頼んだんだ。翠蘭を嫁に欲しいと。伯父上は承知してくれた。ただし、結納金はたっぷりはずんでもらうぞ、って」

（お父さま……）

　翠蘭は思わずこめかみを押さえた。

「それ、いつ訊いたの?」

「お別れの宴会のとき。伯父上の機嫌がよさそうなときを見計らって」

「……悪いけどお父さまは酔ってたと思うわ、相当。たぶん何も覚えていらっしゃらないんじゃないかしら」

「だろうね。挨拶に伺ったときその話を持ち出したら、ぽかんとしてた。覚えてないなら仕方ないと改めて求婚したら、もう嫁にいったと言われた。そのときの衝撃と言ったら……!　とても言葉じゃ言い表せないよ。極上の硯石がこなごなに砕け散ったとしても、これほどの絶望を感じはしなかっただろう！」

　頭を抱えて慨嘆され、翠蘭は顔を引き攣らせた。

　夏清は卓子《テーブル》に突っ伏して呻いた。

「しかも嫁入り先は皇族だって言うじゃないか。それも蕃族《ばんぞく》を撃退して領土を奪還した英雄だ。いくら僕が高級硯で儲けてても所詮は文具屋、逆立ちしたって勝てるわけがない！」

　どう慰めていいものやら、手をつかねて翠蘭はおろおろした。

　壁際に控えている深深に目で訴えても、『わたしだってわかりません！』とばかりに眉を上げ下げするばかりだ。

「え、ええと……。わ、わたし、夏清兄さまが好きよ？　実のきょうだいよりずっと親しみを感じるわ」

「……本当？」

「本当よ！　だってうちのきょうだいにはいじわるばかりされたもの。庇ってくれたのも優しくしてくれたのも夏清兄さまだけ。本当の兄のように思ってるわ」

　夏清はせつなげな溜め息をついた。

「やっぱり兄なのか」

「……ごめんなさい。夏清兄さまは、やっぱり兄さまよ。大好きだけど……兄としか思えない」

「大将軍のことは好きなのかい？」

翠蘭は躊躇なく頷いた。

「お会いして、一目で好きになってしまったの。正妻として迎えていただいて、すごく幸せよ」

「そうか。翠蘭が幸せなら……僕も嬉しいよ」

無理に笑おうとして夏清の顔がぐしゃりとゆがんだ。

「う、嬉しいけど、やっぱり悲しいなぁあ！」

号泣してふたたび卓子に突っ伏す夏清をどうにか慰めようと肩に手を置いて顔を覗き込む。

夏清は子どもの頃から情に厚く正義感の強い好人物なのだが、一方でほだされやすく、ひどく涙もろいところがあるのだ。

「泣かないで。夏清兄さまにもきっと素敵な人が見つかるわ。絶対よ。だって、とってもいい人だもの」

「いい人ってのは男にとって褒め言葉じゃないよ〜」

「そ、そうなの⁉」

「大体、翠蘭に優る女子なんていないわけないじゃないか」

「そんなことないわよ」

「――――彼の意見には全面的に賛成だ」

いきなり劉翔の声がして、翠蘭は飛び上がりそうになった。開け放したままの戸口に劉翔が佇み、後ろ手を組んで微笑んでいる。

微笑んではいるのだが、なんだか怖い。目が……笑ってないような……？

「お、お帰りなさいませ」

顔を引き攣らせつつ拱手すると、夏清も慌てて立ち上がり、深々と拱手拝礼した。

「お邪魔しております。翠蘭――お、奥方さまの従兄弟で、白夏清と申します。琴州で文具店を営んでおります」

「烏骨劉翔だ。わざわざ婚礼祝いを持ってきてくれたとか。かたじけない」

「つ、つまらないものですが」

つかつかと卓子《テーブル》に歩み寄った劉翔が、黒漆の匣に収められた文具四宝をとっくりと眺める。

翠蘭は焦って硯を示した。

「見てください、この硯。すごく素敵ですよね！」

「そうだな。筆軸は堆朱《ついしゅ》（朱漆を厚く塗り重ねて文様を彫ったもの）か。凝ってるな」

手に取ってみて劉翔は頷いた。

「俺は武骨者ゆえ文具には実用性しか求めぬが、翠蘭のたおやかな繊手にはこのような芸術品が似合うだろう」

真顔で言われて顔を赤らめつつ、なんとはなしに不穏な気配を感じる。穏やかな口ぶりながら、笑顔がどことなくぎこちない。

そこへ執事が新しいお茶を運んできて、茶請けに李《すもも》の砂糖漬けを摘まみながら歓談した。

夏清は商売人らしくそつない受け答えだが、明らかに緊張した面持ちだ。一方の劉翔は人当たりのよい微笑を浮かべつつも妙に威圧感がある。

なんだか腹の探り合いをしているようで、翠蘭は気が気でなかった。探り合いというより劉翔が一方的に夏清の腹を探っている感じだが……。

小一時間ほど耐え（?）、夏清は辞去した。

劉翔は翠蘭とともに門まで見送り、気さくに『また来てくれたまえ』と言ったが、おそらく夏清には『二度と来るな』と聞こえたのではなかろうか。口許を引き攣らせつつなんとか笑みを浮かべ、ぎくしゃくと拱手拝礼して去っていった。

何故か次第に早足になる従兄弟を、翠蘭は心配そうに見送った。あの様子では本当に二度と来ないかもしれない。

会ったのは五年ぶりだが、やはり身内だという感覚は父や異母きょうだいよりもずっと強かった。時々は世間話などできるといいのに……。

邸に引き返しながら話の糸口を探していると廉貞が急ぎ足でやって来て、『軍営で少々問題が』と告げた。

頷いた劉翔は翠蘭の手を軽く握ると部下を従え、きびきびと歩いていった。

なんとなく途方に暮れたような気分で、翠蘭はしばらく回廊に立ったまま劉翔の去ったほうをぼんやり眺めていた。

深深に促されて歩きだしながら、彼の不機嫌の理由はなんだろうかとつらつら考えた。

不機嫌というのもちょっと違う気がする。明らかに怒ったり機嫌を損ねたふうではなかった。

何かを持て余しているような、扱いあぐねているような……。

困惑？　当惑？

誤解されるようなことをした覚えはない。扉は開けっ放しだったし、深深も室内に控えていた。

確かに肩にちょっと手を置いたけれど、夏清があまりにがっくりと消沈しているものだから、なんとか元気づけたかっただけだ。

（もしかして、やきもち……？）

ふと思いつき、まさかとかぶりを振りつつなんだか嬉しくなってしまう。

とにかく今夜ちゃんと話をして、もしも誤解されているのならしっかり解いておかないと。

後房へ戻った翠蘭は、気を取り直して刺繍の続きを始めた。

劉翔に贈る香袋に鴛鴦《おしどり》を刺繍しているところだ。同じものをふたつ作り、ふたりで調香したものを詰めようと思う。

香袋なら平服でも軍装でも身につけてもらえるから、いつも一緒の気分を味わえる。

考えただけで嬉しくなり、翠蘭は時間を忘れて刺繍に没頭した。

その夜、帰宅した劉翔の様子はやはりいつもと少し違っていた。

怒っているわけではなさそうなのだが、何かに気を取られているようで、眉間にしわを寄せている。

夕食を終え、湯を使って寝る段になっても彼は浮かない顔のままだった。思い切って翠蘭は尋ねてみた。

「軍営で何か大変なことでもありましたか？」

「ん？　……いや、大したことはなかったよ。解決済みだ」

劉翔は我に返ったように目を瞬き、苦笑した。榻《ながいす》で抱き寄せられ、彼の広い胸板にすっぽりと包まれる。

しばらくして彼はためらいがちに尋ねた。

「なぁ。あの男が好きなのか？」

「えっ、誰のこと？」

「そなたの従兄弟だ。白夏清と言ったか」

驚いて翠蘭は身を起こした。

「違います！　どうしてそんなことを」

「好きだと言ってるのを聞いたぞ、昼間」

　唖然とした翠蘭は、必死に記憶をたどった。

「――あ！　あれは身内として好きだと言っただけです！　夏清兄さまとは一時期同居していて……って、お話ししましたよね⁉」

「聞いたが、その前に大好きだとか、一目で好きになったとか言ってたじゃないか」

　翠蘭はぽかんと劉翔を眺めた。なんだか話がこんがらがっている。

「……劉翔さま、どこから聞いてらしたんです？」

「逆立ちがどうとかいうあたりかな。なんの話だと聞き耳を立てたら、そなたが『わたし、夏清兄さまが好きよ』と。衝撃で意識が飛んだ。我に返ったらまた『大好きよ』と聞こえてふたたび気が遠くなりかけて、どうにか踏みとどまったら今度は『一目で好きになってしまった』と聞こえてしばらく茫然自失としていた」

　翠蘭は絶句し、眉間をぎゅっと押さえた。

「それ、ごちゃごちゃになってます。わたしが一目で好きになったのは劉翔さまでです」

「夏清ではなくて？」

「違います！　夏清兄さまが好きだと言ったのはあくまで身内として親しみを抱いているという意味です」

どうやら劉翔は飛び飛びに聞いた会話を繋《つな》ぎ合わせて誤解したらしい。

彼はホッと表情をゆるめた。

「そうだったのか。てっきり夏清とひそかに言い交わしていたのかと思ったぞ」

「そんなことしてませんよ！」

翠蘭は躍起になって、夏清から聞いた話の顛末《てんまつ》を説明した。

「つまり夏清はそなたの父に結婚の許可をもらったと思い込んでいたわけか」

「そのようです。身内の送別会で、父はべろんべろんに酔っていたと思います。仕事上の付き合いでは節制しているようですが、気心の知れた親族だけだといつも酔いつぶれるまで飲みまくるので。泥酔しているときは気が大きくなってなんでも請け合いますが、酔いが覚めるとひとつも覚えていません」

「それは危険なのではないか？」

翠蘭は頷いた。

「本人も自覚していて、外ではあまり飲みません。飲む振りをして捨てたり、手巾にしみこませたりしているようです」

「なるほど。夏清には気の毒だが、俺としては義父上《ちち》が泥酔していてくれて助かったな」

「正気なら許可しなかったと思いますけど……。父は早くからわたしを後宮に入れるつもりでいたようですから」

「そなたの美貌なら期待するのも無理はないな」

読み書きや縫いもの、楽器を習わされたのも後宮に入れるため。

少なくとも自分よりずっと地位の高い人物の正妻にして出世の足掛かりとするためで、けっして親としての情からではない。

それでもこうして劉翔の妻となった今は、その計らいに感謝している。

父としては皇帝の妃にできなかったことはやはり不満らしいが、今上帝にこのまま皇子が生まれなければ弟である劉翔が次の皇帝になる可能性は高いと、期待を捨ててはいないようだ。

仮にそうなったとしても、劉翔の気性からして単に舅《しゅうと》というだけで要職につけることはしないと思うが。

劉翔は翠蘭の首筋に唇を押し当てた。

「……そなたに好いた男がいるかもしれないと思っただけで、目の前が真っ暗になったぞ」

「そんな大げさな」

「大げさではない」

大まじめに劉翔は断言する。

「本当に目の前が暗くなって、どっと冷や汗が出たのだ。いったい何が起こったのかと混乱した。しばらくしてやっと気付いた。自分が嫉妬しているのだと」

「劉翔さまが、嫉妬……?」

「そうだ。自分でも驚いた。それまで俺は、そういう感情を知らなかった。言葉としては知っていても、実感したことがなかったんだ。だから激しく混乱した。むかむかして夏清を蹴り出したくなったが、そなたの身内を手荒に扱うわけにはいかぬ。愛想よくしなければと努めたが、目許が引き攣ってうまく笑えなかった」

「確かに目は全然笑ってませんでしたね……」

「ひとつだけ奴の言葉に完全に同意できたことがある。翠蘭に優る女子などいない」

きっぱり断言されて頬が熱くなった。

「全面的に同意はするが、奴と同意見というのは気に食わない」

彼は駄々《だだ》っ子のように言って翠蘭をぎゅっと抱きしめた。

「夏清兄さまは従兄弟です。兄も同様なんです。実の兄よりも兄という気がしています。だから嫉妬することなんてないですよ」

「それでも妬《や》けてしまうのだ。困ったものだな、嫉妬というものは。——いつだったかそなたに絡んだ放蕩《ほうとう》貴族は単に煩わしいだけで、怒りしか感じなかった。だが夏清はそなたと絆《きずな》がある。俺の知らない、幼い頃の翠蘭を知っていると思うと羨ましくてますます妬ける」

憮然とした告白に翠蘭は笑みをこぼした。

「わたしだって、少年の頃の劉翔さまを知っている女子に出会ったら、嫉妬してしまうと思いますよ?」

「そんな女子は母上か女官くらいだな」

「義母上《はは》にやきもちは焼けませんね」

くすくすと翠蘭は笑った。

「俺が好きか、翠蘭」

「もちろん！　大好きですわ」

「どれくらい？」

「この世で一番。自分の命よりもずっと。劉翔さまのためならなんでもします」

「悪いことでも？」

からかうように問われてちょっと頬を染める。

「劉翔さまをお救いするためなら……。悪いことでもしてしまうと思います」

ちゅ、と唇をついばみ、さらに甘く劉翔は尋ねた。

「なら、恥ずかしいことは？」

「し、してるじゃないですか。もう散々……っ」

今度こそ赤面して翠蘭は彼を睨んだ。

彼はにんまりすると翠蘭の額にくちづけた。

「俺のために、ひとつしてほしいことがあるんだが」

「……さてはいやらしいことですね」

「まぁ、そうだな」

けろりとした顔で頷き、劉翔は立ち上がった。そのまま部屋の一隅に歩いていき、翠蘭を手招く。

用心しつつ歩み寄ると、彼はそこに置かれた椅子を指してにっこりした。

「これに座ってくれ」

翠蘭はまじまじと椅子を見下ろした。それは紫檀の肘掛け椅子で、劉翔の部下たちがお金を出し合って贈ってくれた結婚祝いだ。

見事な飾り彫りの施された豪華な椅子なのだが、普通の肘掛け椅子とはちょっと形が違っている。背もたれがうんと傾いていて、もたれかかると寝そべったような格好になってしまうのだ。

引き出せる脚台がついているので仮眠用の寝椅子なのかもしれない。それにしては肘掛け部分の幅が広く、妙に長く前方に出っ張っているのもよくわからなかった。

運び込まれたときに『変わった椅子ですね』と感想を述べると劉翔は何故か困ったように言葉を濁していた。

せっかくの頂き物だが、今のところほとんど使っていない。昼寝は滅多にしないし、読書や刺繍のときに座るには背もたれの角度が大きすぎる。

とにかく言われるままに翠蘭はちょこんと肘掛け椅子に座った。

「もっと深く座るんだ」

「こうですか」

座面の奥行きが深いので、めいっぱい奥に座ると膝裏がつかえて脚が持ち上がってしまう。

顎を撫でて何やら思案していた劉翔がさらに指示した。

「背もたれに寄り掛かって」

言われたとおりにする。座るのと寝そべるのの中間の格好で困惑していると、小さく『よし』と意を決するような声がした。

(何をするつもり……?)

背もたれが深すぎるため、足元に立っている劉翔の姿はよく見えない。

「肘掛けに脚を載せて」

「は……ぃい⁉」

ぎょっとして翠蘭は座面に手をついて身を起こした。

足を踏ん張れないので肘で身体を支えて劉翔を見ると、彼は腕組みをして微笑んでいた。

夏清のときと違って今度はちゃんと笑っているのだが、その笑顔がどういうわけか妙に怖い。

「聞こえたろう? 脚を肘掛けに引っ掛けるんだ」

「できませんよ、そんなこと!」

秘めどころが丸見えになってしまうではないか！ すでに就寝準備を整え、翠蘭は白絹の夜着一枚だ。

「できるだろう。寝転がって脚を持ち上げて、肘掛けに膝を引っ掛ければいいんだ」

「いやです！　み、見えちゃうじゃないですかっ」

「そのための椅子だからな」

「はぁ……!?」

混乱する翠蘭に劉翔はにんまりした。

「美人椅子と言って、そういう目的専用の椅子なんだそうだ」

「し、牀榻《しんだい》じゃだめなんですか!?」

すでにさんざん覗かれ、舐められもしたけれど、わざわざそのための椅子を使ってまで!?

「せっかく専用の家具をもらったから、使ってみるかと。翠蘭が厭がりそうだから、やめておいたんだが……急に使ってみたくなった。やっぱり厭か？」

残念そうな顔をされて口ごもる。

「そ、それはもちろん、厭ですけど……」

「絶対厭だと言うなら諦める。そなたに泣かれたくはないからな」

ぐっと翠蘭は詰まった。恥ずかしいから厭だけど、泣くほど厭というわけでは……いや、どうだろう。やっぱり厭かも……!?

そもそも、そんなところをじっくり見たがる心理がよくわからない。

部下からの贈り物であって劉翔自身が注文して作らせたわけではないそうだし、美人椅子なる名称があるということは世の中にはすでに存在していたというわけで……。

（と、殿方は女子のあそこを鑑賞したがるものなの……!?）

理解できない。

理解はできないが、愛する劉翔が望むなら受け入れ……たい、と……思う……。

翠蘭は覚悟を決めた。

「わ……かり、まし、た」

羞恥をこらえて頷くと、しょんぼりしていた劉翔の顔が明るくなる。

「いいのか？」

「絶対笑わないでくださいね！」

「笑うわけないじゃないか」

心外そうに眉をひそめながら、彼の目は期待に輝いている。

翠蘭は覚悟を決めて右足を持ち上げた。長く幅広の肘掛けに脚を引っ掛け、このためにこんなに長かったのかと今さら腑に落ちる。

夜着の裾が乱れ、右の太腿が露出した。かろうじて陰部は隠れているものの、すでに翠蘭は恥ずかしさのあまり泣きそうだ。

しかし承知したからにはやめるわけにいかない。

何度か浅く息継ぎをし、えいやっと思い切って左足も肘掛けに載せた。夜着の裾は大きく割れ、覆い隠すものはなくなった。

ぱくりと開いた花弁に空気が触れる感覚に羞恥が極《きわ》まる。

翠蘭は両手で顔を覆って身体をこわばらせた。

(ああ、なんて格好。は、恥ずかしい……!)

はたして劉翔はどんな顔をしているのか。知りたいが、知りたくない。恥ずかしすぎて頭が爆発しそうだ。

彼が黙り込んでいるので、次第に翠蘭は不安になってきた。

さんざん覗かれたとはいえ、帳の巡らされた牀榻《しんだい》は薄暗い。ここはすぐ側の卓子《テーブル》に燭台《しょくだい》が乗っているからかなり明るく、牀榻《しんだい》よりもずっとはっきり見えているはずだ。

ほーっと溜め息が聞こえて、翠蘭は縮み上がった。

(もしかして何か変……!?)

「こんなに好《よ》い眺めとは思わなかった」

「な、何言ってるんですか。もう脚下ろしていいですか!?」

「だめだ。そのままでいろ」

ぴしゃりと言われてますます泣きたくなる。

指の隙間から覗くと、劉翔は一方の手を腰に当て、もう片方の手で顎を撫でながらじっくりと翠蘭の局部を鑑賞していた。

「かわいいな……」

彼はうっとりした口調で呟いた。

「まるで桃の花のようだ。ふっくらした花びらの重なりが実に艶《なま》めかしい」

注がれる視線に、羞恥とともに密かな昂奮をも覚えてしまう。恥ずかしい場所を見られていると思うだけで下腹部が甘だるく疼き、花芽がツキンと痛む。

「ふふ。見られただけで感じてしまったか？　濡れてきたぞ」

嬉しそうに言われ、翠蘭は顔を覆ってふるふるとかぶりを振った。死ぬほど恥ずかしくて全身がかーっと火照ってしまう。

すでにたっぷりと愛戯を施されてきた花陰《ほと》は愉悦の期待ではしたなくも甘蜜をこぼし始めていた。

「み、見ないで」

「見るための椅子だぞ？」

必死に訴えてもからかうように言われてしまう。こんなものを結婚祝いに贈ってよこした彼の部下たちが恨めしくなり、翠蘭は震える唇を噛んだ。

劉翔は身をかがめ、しげしげと秘処を覗き込んだ。恥ずかしいのに、そうやって見られていると思うだけで否応なしに昂奮を掻き立てられ、ますます蜜が滴る。

いっそ指で乱暴に掻き回してくれればいいのに。

そうすれば声を上げて悶えることもできる。ただ眺めるだけでこちらばかり感じさせ、触れもしないなんてまるで蛇の生殺しではないか。

「……そういえば、女陰をかたどったものは子孫繁栄や魔除《まよ》けとして使われると聞いた」

「は？」

「古代の民はそのような呪物を作ったり、壁画を描いたりしたそうだ。遠征中、洞窟に描かれたものを見たこともある。――そうだ、俺も愛しい妻の女陰を写し取ってお守りにしよう」

「ちょっ、ちょっと！　だめです、そんなの……っきゃ！」

慌てて身を起こそうとしてお尻が滑ってしまう。

「動くな。脚を下ろしたらお仕置きするぞ」

冗談だとわかっていても、まじめくさった口調で言われると困惑で身動き取れなくなる。

仕方なく脚はそのままで背もたれに肘をついて身を起こすと、文具一式を収めた匣を手に劉翔が戻ってきた。

「ちょうどいいのをもらった。これを使おう」

笑顔で示されたそれは、夏清にもらった文具匣だ。

「劉翔さま、まだ怒ってるんですか⁉」

「俺は怒ってなどいないぞ」

不思議そうに返されて開いた口がふさがらない。彼がうきうきと硯や筆を卓子《テーブル》に並べ始めたのを見て翠蘭は焦った。

「本当にだめですってば！　そんなもの持ってると知られたら、大将軍としての沽券《こけん》に関わりますッ」

「大丈夫だ、誰にも見せたりしない。自分の大事な妻の陰門を他人に見せるわけがなかろう」

「見せなくたってだめです！　絶対だめ！」

「絶対だめ？」

「だめと言ったらだめですッ。そ、そんなことしたら……したら……りゅ、劉翔さまとは一生口をききませんからね！」

「それは困る」

下唇を突き出して劉翔は渋面になった。

「仕方がない。諦めるか」

ホッとする翠蘭に、劉翔は堆朱の筆を示しながら未練たらしく尋ねた。

「なぁ、本当にだめ？」

「だめ‼」

「わかったよ」

劉翔はしぶしぶ頷いた。今度こそ安堵して脚を下ろそうとすると、『待て！』とすごい剣幕で掌を突き出された。

「書き写すのがだめならこの目にしっかり焼き付けておかねば。もうしばらくそのままでいろ」

「なんなんですか、もうっ……」

半泣きで翠蘭は呻いた。いくら夫婦でも、行為中でもないのに秘処をまじまじ見つめるのは勘弁してほしい。

半分諦めの境地でぐったりしていると、唐突に花芯に刺激が走った。

「ひッ⁉」

反射的に頭をもたげれば、劉翔が手にした筆で花芽をつんつん突ついている。

「ちょ、何してるんですか⁉」

「せっかくだから筆おろしをしようかと」

「だったらぬるま湯を使ってください！」

何か言いかけた劉翔は、思い直した様子で呟いた。

「……それもそうか。翠蘭のかわいい花陰に筆の糊《のり》がついては困る。——少し待ってろ。そのままでな」

急ぎ足で隣室に消えたかと思うと、たちまち戻ってくる。彼は上機嫌でほぐした筆を濡れた媚蕾にあてがった。

「ンっ……」

ぬるま湯でほんのりあたたかい筆でとりわけ敏感な箇所をくすぐられ、びくりと身体を震わせる。

反応に気をよくした劉翔はさらに筆を動かした。

墨の代わりに媚汁を含ませるかのようにたんねんに筆を花芯になすりつけ、筆先を回転させながら蜜口に挿入する。

「や、やだ！　挿れないで」

「もう挿入った」

劉翔は愉《たの》しげに含み笑った。

筆軸は彼の指より細いから難なく滑り込んでいくものの、イタチの毛を用いた筆先に媚壁を刺激され、ぞわぞわと悪寒とも快感ともつかぬ感覚が身の内に走る。

さらには軸に凝った彫刻が施されているため、その凹凸が柔軟な蜜襞を擦って妖しい感覚を呼び覚ます。

気がつけば翠蘭は肘掛けを握りしめて熱っぽく喘いでいた。

「ん……ぁ……あんっ……」

「ふふ。たっぷり蜜を含んだぞ」

とろりと濡れた筆先を示され、翠蘭は真っ赤になった。

「や……」

劉翔は左手で器用に翠蘭の帯を解き、夜着の合わせを開いた。

細身にしては豊満な乳房が弾むように上下する様に目を細め、きゅっと勃ち上がった先端に筆先を当てる。

乳首のくぼみを細い筆先で弄《いじ》られ、翠蘭は甲高い嬌声を上げた。

「やっ、やぁあっ！　やめ……ッ、くすぐったぁっ……」

身をよじるとぐるりと乳首回りに円を描かれ、ふっくらした乳輪が恥ずかしい蜜で淫靡に濡れた。

「せっかくだ、手習いでもするか」

劉翔はふたたび筆を蜜壺に浸し、剥き出しの乳房に何やら文字を書き始めた。

「な、何してるんですか……っ」

「千字文（手習いに用いる『いろは』のようなもの）を、な」

「!?　や、やだ」

必死に身を捩ったが、劉翔が美人椅子に膝で乗り上げてのしかかっているので逃げ場がない。

細い筆先で肌に文字を書かれる感触がむず痒《がゆ》くてたまらず、しかも墨汁ではなく翠蘭自身がこぼした淫蜜で書いているのだと思うと消え入りたいような恥ずかしさとともに淫靡な昂りを感じてしまう。

悪ふざけで適当に書いているのかと思いきや、劉翔は真剣に文字を綴《つづ》っていた。

変なところでまじめなんだからと泣きそうになる。

両方の乳房を濡れた文字跡でいっぱいにすると、今度は腹部に書き始めた。時折蜜壺で筆を泳がせ、翠蘭の弱い場所を責めたてる。

やわらかな筆先で花襞をくすぐられ、翠蘭はたまらずに気を遣ってしまった。びくびくと花びらが痙攣し、奥から新たな蜜を滴らせる。

やがて腹部も文字で埋まり、次は内腿にとりかかった。ひときわそこはくすぐったくて、翠蘭は泣き笑いしながら達してしまい、もう何が何だかわからなくなった。

「全部は書けそうにないな」

左右の内腿を文字で埋め尽くすと、残念そうに劉翔は嘆息した。

あられもない格好を強いられて、翠蘭は恨みがましく彼を睨んだ。

「もう筆はいやです……」

「夏清の筆より俺の筆がいいか」

にやりとする劉翔に従順に頷く。

彼は身を起こすとおもむろに帯を解き、夜着を脱ぎ捨てた。割れた腹筋の下、茂みの中から陽根が隆々と頭をもたげている。

怒張した雄茎は天を衝《つ》くほど反り返り、鈴口からこぼれた淫涙が血管の浮き出た太棹を伝い落ちる。思わず翠蘭は息を呑《の》んだ。

劉翔の淫楔はすでに何度も目にしているが、これほどかちかちに張りつめたものを見るのは初めてだ。翠蘭の身体に悪戯しながら彼もまた昂奮していたのだと思うと、高揚感で舞い上がりそうになる。

劉翔は翠蘭の腰を掴んで前に引き出し、のしかかるように挿入した。いつにも増して極太の肉槍がずっぷりと花筒を穿つ。

「ひぁあっ……」

衝撃に悲鳴を上げてのけぞる。

劉翔は肘掛けを掴んで勇壮に腰を叩きつけた。過剰なほどの前戯ですっかり過敏になっていた翠蘭は、たちまち絶頂へと追い立てられてしまう。

びくびくとわななく花弁をものともせず、劉翔はますます奮い勃つ剛直でずぷぬぷと蜜襞を抉った。

「やぁっ、だめっ……達《イ》っ……てる、の……っ。まだ、達《イ》って……ッ」

絶頂の上にさらなる恍惚を強いられ、翠蘭は悦楽に噎びながら随喜の涙をこぼした。

「いぃ……ッ、あっ、あっ、あんんっ、すご……ッい……！」

ガタガタと椅子が揺れたが、重量のある紫檀材なので安定している。

抉るように突き上げられ、剥き出しの乳房をがっしりした掌で掴んで捏ね回される。翠蘭に出来るのは無我夢中で腰を振りたくり、喘ぐことだけだ。

もう少しでまたもや絶頂に達しようとした瞬間、劉翔が翠蘭の腰を掬《すく》い取《と》って立ち上がった。

反射的に四肢を絡め、頑健な体躯にしがみつく。挿入されたままの雄茎が翠蘭自身の重みによってひときわ奥に突き刺さり、視界に火花が散った。

「んくっ……！」

ごりりと雁首が子宮口を押し上げる。凄まじい快感が翠蘭を翻弄し、どろりとした精水《きみず》が噴き出して怒張しきった太棹を淫靡に濡らした。

法悦のあまり半ば失神している翠蘭を、劉翔はそっと牀榻《しんだい》に寝かせた。

体勢を替え、片方の脚を肩に担いで抽挿を再開する。

翠蘭の濡れた唇から甘い喘ぎが洩れた。

「あ、あ、あン……んん……くひッ……」

朦朧としたまま薄目を開け、揺さぶられるままに悦がり声を上げる。

続けざまの絶頂に意識が混濁して、もはや何も考えられない。脳髄は痺れ、桃色の霧が視界に渦巻いている。

それから何度、気を遣っただろう。

泣いて懇願し、ようやく劉翔が欲望を解き放つと同時に翠蘭は泥のような眠りに引きずり込まれていった。

第七章　策動

翠蘭と劉翔が甘い新婚生活を送る間にも、宮廷では少しずつきな臭い気配が漂い始めていた。

皇帝・烏骨該零は旻の公主・宣媚を寵愛する一方で、翠蘭もまだ諦めてはいなかった。

なんとしても手に入れるべく、ひそかに画策している。

その執着は、翠蘭が劉翔と結婚したことで却っていびつに深まった。自分が望んだ女を憎い異母弟にかすめ取られたのだ。

本音では、該零は劉翔が望むものなど路傍《ろぼう》の石ころひとつでも与えたくなかった。それは皇太子時代から積もりに積もった憎しみだ。

父帝にかわいがられる目障りな異母弟。ただかわいがるだけならまだしも、自分を廃して劉翔を皇太子にしようと考え始めたとなれば放ってはおけない。

宦官を買収し、廃嫡《はいちゃく》の詔を出される前に首尾よく口を封じることができた。関わった者はひそかに始末したから真相を知る者はもはや誰もいない。

皇后は勘づいているようだが、証拠があるわけではないし、自分の地位と一族の栄達さえ保証されれば文句のあるはずもない。

この十年というもの、それで事はうまく運んできた。だが、皇后の一族が重職を独占するにつれ次第に煩わしさが増してきた。

皇后は該零が元敵国の公主である宣媚ばかり寵愛するのを危ぶみ、自分の姪《めい》を後宮に入れるようしつこく上奏を繰り返している。

たとえどんな美女だろうと、これ以上皇后の一門に大きな顔をさせるつもりはなかった。

該零の好みを知り尽くした腹心の宦官の報告によれば、皇后の姪はたいしたご面相ではないそうだ。

該零は雌豹《めひょう》のごとき野性的な色香を放つ宣媚との房事が気に入っていた。上品ぶった皇后や皇帝の気を惹こうと躍起になるばかりの妃嬪と違って、牀榻《しんだい》での宣媚は野人のごとく荒々しく、生命力にあふれている。

だが、それだけではいささか均衡を欠くように思えた。炎のごとき宣媚とは真逆の、楚々として水のように清らかな女が欲しい。

後宮の女たちを改めて検分したが、これだと思える女はいなかった。

繰り返し頭に思い浮かぶのは白翠蘭の天女のごときたおやかな美貌だった。実際に目にしたのは一度だけだが、脳裏に焼きついている。

この目で確かめる前に劉翔に結婚の許可を出してしまったのがつくづく悔やまれた。

聞くところによれば夫婦仲は円満で、それがまた該零には気に食わない。小面憎い異母弟がみずみずしい肉体を貪る様を妄想するだけで八つ裂きにしてやりたくなる。

あの女は俺のものだったのに……！

なんとしても奪い取らねば気が済まなかった。それも一刻も早く。

「……何をお考えですの？」

気だるく身を起こした宣媚が、絹の褥で身体をすり寄せる。紅を塗らなくても赤い唇が恐ろしく官能的だ。

「目障りな劉翔めをどうしてくれようかと思ってな」

「……驃騎大将軍、劉翔さま。弟君ですわね」

考え込むように呟き、宣媚は赤く染めた爪でいささかたるんだ男の胸板をたどった。

該零はいまいましげに吐き捨てた。

「弟などと思ったことはないわ。顔を見るだけでイライラする。澄ましかえって恭順を装っているが、腹の底では朕に取って代わる機会を虎視眈々《こしたんたん》と狙っておるのだ」

「そういえば……帰還の道中、部下たちと話しているのを聞きましたわ。此度の大勝利で京師《みやこ》の重臣たちからも自分に味方する者が大勢出てくるだろう、と」

「何⁉」

がばっと該零は身を起こした。宣媚は柳眉《りゅうび》をひそめて呟く。

「もしかしたら、大将軍は京師《みやこ》の武官たちを味方につけて叛乱を起こし、帝位を簒奪《さんだつ》するつもりかもしれません。もしかしたら……ですけど」

「いや、ありえぬ話ではない。口惜しいことだが、あ奴は皇嗣。今のところ朕の唯一の跡取りだ。嫡子がおらぬゆえ、致し方ない」

「でも、聖上に皇子《みこ》が生まれれば……」

「当然、奴はその地位を追われることになる。そうはさせまいと動き出してもおかしくない」

自分なら必ずそうする。だから誰もがそうするはずだ。

権力への執着心が異様に強い該零は、すっかりそう思い込んでギリギリと歯噛みした。

「大将軍から兵権を取り上げてはいかがです? もう戦は終わったのですから、兵符を返還させてもよろしいではありませんか。詔に背けば、それこそ叛意《はんい》ありとして捕らえてしまえばよいのです」

「それは朕もかねがね考えていた」

該零は顎を撫でて頷いた。

「しかし奴にはこれといった落ち度がない。そなたの故国は我が国に下ったが、国境問題は他にもあるのだ。おとなしくしていても、いつなんどき攻めてくるか知れたものではない。砦《とりで》を築き、相応の軍隊を駐屯させて監視しているが……防衛軍の兵士どもにも劉翔は人気が高いようなのだ」

「無理もありません。武人は強い男が好きなのです。戦時には傑出した英雄が必要ですけれど、平時にはかえって邪魔になりますわねぇ」

身をくねらせて含み笑う宣媚を、該零は感心顔で眺めた。

「そなたは朕の心が読めるかのようだな」

「妻ですもの、当然ではありませんか。――ねぇ、聖上。わたくし、お力添えできるかもしれませんわ」

「ん？　なんだ？」

「我が祖国は帝国に服従いたしました。けっして二心はございません。ですが……正直に申し上げますと、怨《うら》む者も多いのです。驃騎大将軍・烏骨劉翔を」

瞠目する皇帝に、宣媚は妖艶な笑みを浮かべた。

「大将軍には我が国の有能な武人を多数討ち取られました。その中にはわたくしの兄弟や従兄弟、伯父たちなど大勢の身内も含まれます。それがお役目とはいえ、やはり大将軍を怨む心は消えません」

「当然だ」

いそいそと該零は妃の手を握った。

「それゆえ旻には敗北を認めつつも帝国に臣従することにわだかまりを持つ者が少なくありません。それが将来的に二国の関係に亀裂が生じる原因になりはしないかと、わたくし不安でならないのです」

「うん、うん」

「ですから……おわかりでしょう……？」

　上目づかいに宣媚は皇帝を見上げた。

「劉翔を差し出せば、旻の民の復讐心《ふくしゅうしん》が満たされ、我が国への帰順が確かになると言うわけだな。そして朕もまた目の上の瘤《こぶ》を始末できる」

「御意にございます」

　嬉しそうに宣媚は頭を下げる。

　頷きながら、しかし該零は眉根を寄せて考え込んだ。

「しかし、人身御供《ひとみごくう》のように差し出すわけにもいかぬ。勝ったのはこちらなのに、臣従国の機嫌を取るようなまねをするなど承服できぬと臣下たちは反対するであろう。しかも劉翔は皇族。認めたくはないが朕の実の弟だ。皇帝にそれほど近い血筋の者を差し出しては、文官からも弱腰と非難の声が上がるに違いない」

「差し出すのはこちらですわ」

「どういうことだ？」

「我が国から、臣従の証として王子をひとり人質として送ると申し出るのです。ついてはそれを迎えにきてほしい、とお願いします。理由はいくらでもつけられますわ。我が国では派閥の権力争いで王子の命が狙われているとか、王子の護衛に刺客が紛れ込むおそれがあるとか……」

「なるほど」

「驃騎大将軍に迎えに来てもらえれば安心だと訴えれば、重臣の方々にも納得するはず。戦をするわけではないので大軍を率いる必要はありません。護衛として五十騎もつければ充分でしょう。そして油断しているところに一服盛るなどして捕らえ、旻に連れ去ります。帝国には我が国の内輪もめに巻き込まれて死んだということにして、ひたすら謝罪します。必要なら適当な者に責任を負わせ、首を差し出しましょう」

聞き入っていた該零は膝を打って高笑いした。

「それはよい。むろん、朕は喜んで謝罪を受け入れるぞ」

「では早速、故国《くに》に密書を送りますわ。父は必ずやわたくしの献策を受け入れてくれるでしょう。さいわい、わたくしにはまだ幼い異母弟がおりますの。身分の低い側女に産ませたのですが、もう母親も亡くなりましたし、有力な後見人もいません。万が一途中で死んでもさほど影響はありませんわ。もちろん、無事に到着すればそれなりにかわいがるつもりですけれど」

澄まし顔の宣媚に皇帝は上機嫌に頷いた。

「そなたは毒婦よのう。そこがよいが、毒消しの清水も欲しいな」

「大将軍の夫人でしょう？　存じていますわ。よろしいですわよ、お好きになさって。どんな美酒でも過ぎれば口直しが欲しくなるもの。でも、酔いが醒《さ》めればまた美酒に手を伸ばすに決まっていますわ」

「そして美酒がますます美味《うま》くなるというわけだ」

「ふふ。――ねぇ、聖上。この計画が上手《うま》くいったらご褒美をいただけます？」

「なんだ？　言ってみろ」

「ほんの少しでいいのです。北部諸州の一部を旻に譲ってくださいな。ほんのちょっぴり、ね？」

「ふむ。朕としてはかまわぬが、すぐにと言うわけにはいかないな」

「けっこうですわ。楽しみに待ちますから」

宣媚は蠱惑的《こわくてき》な笑みを浮かべ、皇帝にしなだれかかった。汗と麝香《じゃこう》のにおいが渾然一体《こんぜんいったい》となって男の鼻腔を刺激する。該零は早くも奮い勃ち、宣媚の豊満な乳房にむしゃぶりついた。

宣媚は鼻にかかった嬌声を上げながら忍び笑った。

清水はわずかな泥でも濁って飲めなくなる。なよなよした白翠蘭など、この男のおもちゃにされたらすぐに壊れてしまうだろう。

（わたくしと張り合う気力があれば、叩き潰すだけのこと）

それもまた一興、と宣媚は肉食獣さながらの残忍な笑みを浮かべた。

二か月後。旻から忠誠の証として王子を預けたいという公式文書が届いた。さっそく朝議にかけたところ、特に反対する理由もないため、大臣たちも受け入れに賛成した。

「迎えには誰を遣わしますか」

丞相《じょうしょう》に問われ、皇帝はおもむろに呼ばわった。

「劉翔よ」

「は」

武官の列の先頭にいた劉翔は中央に進み出ると象牙の笏を面前にかざして一礼した。

「そちに行ってもらおう」

皇帝の言葉に朝堂がざわつく。劉翔は顔色も変えず、うやうやしく頭を下げた。

「承りました」

「供は騎馬小隊ひとつで充分だろう。国境までは向こうが送って来るからな。人質を受け取って戻るだけの簡単な仕事だ」

玉座に寄り掛かった皇帝が、したり顔で顎を撫でる。劉翔は無言で頭を下げた。その背後からひとりの将軍が決然と進み出て一揖《いちゆう》した。

「聖上。人質の出迎えに、わざわざ驃騎大将軍を遣わさずともよろしいのではございませんか」

「旻は我が妃である宣媚公主の故郷だぞ。人質として送られて来るのは公主の弟だ。そのほう、まさか妃を軽んじておるのではあるまいな？」

「滅相もない！」

恐縮して畏《かしこ》まる将軍を背後にかばい、劉翔は改めて拱手した。

「すぐに出立いたします。準備がありますので下がってもよろしいでしょうか」

「許可する」

上機嫌に頷く皇帝に一揖し、紫錦の官服の裾を翻して劉翔は御前を辞した。

正殿の階《きざはし》を駆け下り、甃《いしだたみ》の敷きつめられた広大な院子《なかにわ》を大股で歩きだした彼の瞳には、覚悟を決めたかのように強く毅然とした光が宿っていた。

◇◇◇

翠蘭は奥院子《なかにわ》で深深と一緒に棍《こん》の使い方を双子から教わっていた。白木を削った細めの棍棒《こんぼう》で、長さは翠蘭の身長よりいくらか短い。

秋の陽射しの下、額《ひざ》に汗をにじませながら練習に励む。一連の型を終え、ふぅと息をつくと、回廊から拍手が聞こえてきた。

「――劉翔さま！　お帰りなさいませ」

棍を侍女に預け、階段を下りてきた劉翔に走り寄る。

「ずいぶん上達したじゃないか」

「本当ですか?」

「ああ、動きがぴしっと決まってる」

褒められて翠蘭はにっこりした。

「この時間に後房へ来られるのは珍しいですね」

「ああ……ちょっと話があってな」

劉翔は眉根を寄せると翠蘭を四阿《あずまや》ふうにしつらえた露台《テラス》へ誘った。隣り合って腰掛け、お茶を出した深深が下がるのを待って彼は切り出した。

「しばらく留守をすることになった」

「どちらへお出かけですの?」

「玄武関だ」

「えっ、それって旻との国境ですよね⁉ 劉翔さまが奪還した……」

劉翔は頷いた。

「そうだ。今は瓏帝国の領土に復し、国境警備隊が駐屯している」

「旻がまた攻めて来るのですか?」

「いや、人質を受け取りに行く」

劉翔は事の次第をかいつまんで話してくれた。

「……つまり、恭順の証として末の王子を人質として差し出したいから迎えに来い、と?」

「そういうことだな」

「でも……何も劉翔さまが行く必要はないのではありませんか」

「将軍のひとりが同じことを言上して兄上に睨まれたよ」

劉翔は苦笑した。

「兄上は機嫌を損ねると容赦なく臣下を左遷する。皇帝を諫《いさ》める役職である諫議《かんぎ》大夫《たいふ》も、すでに何度も入れ替わって今や有名無実だ。現職は幇間《たいこもち》同然の佞臣で、意見を求められてもごもっともですとへつらうばかりでな。まったく諫官《かんかん》の意味がない」

「そうなのですね……」

「別にいいさ。迎えに行けと言うなら行くまでのこと」

劉翔は捌《さば》けた表情だが、翠蘭は眉をひそめた。

「なんだか変な感じがしますわ。すでに公主さまが輿入れしているのに……。こちらから追加の人質を要求したわけではないのでしょう?」

「国境付近で怪しい動きがあるという報告も特にないしな。向こうがへりくだって人質を差し出すというのだから、もらっておけというところだろう」

「その、王子さまというのは……」

「まだ五歳の幼児だそうだ。悪巧みをするには幼すぎるな」

「そうですね」

ホッとして翠蘭は頷いた。だったら本当に恭順の意を示したいのだろう。

「いつ御出立に？」

「なるべく早くと言われている。今から準備をして明後日には出発する予定だ」

「まぁ、大変！」

翠蘭は慌てて立ち上がった。

「お召し物を整えないと。あちらは寒いから綿入れも必要よね。――深深、執事を呼んで来て。旦那さまの旅支度をします」

「かしこまりました」

深深が慌てて駆けだす。

「では、また後ほど」

そそくさと一礼して去る翠蘭を、劉翔は苦笑いして見送った。

残った茶を一口に呷《あお》り、眉根を寄せて茶碗を弄ぶ。

そこへ禄存が飄然《ひょうぜん》と現れた。

「いいんですか？　奥方を連れて行かなくて。絶対危ないと思いますけど」

劉翔は軽く肩をすくめた。

「連れて行きたいのはやまやまだが、どうせならここらできっちりけりを着けようかと」

「やっとその気になりました？」

禄存がにやりとする。

「絶対に失いたくないものが出来たから、な」

「あー、俺たち部下は失ってもかまわないってわけですかぁ」

「馬鹿。兵のひとりたりとも失いたくなどないさ。そういう意味じゃない」

「わかってますって」

したり顔でうんうんと禄存は頷き、声をひそめた。

「密偵の報告によると、けしかけたのはやっぱりあの女狐らしいですよ」

「宣媚公主か」

「大将軍に気があるのかと思ってたんですけどね。粉かけられてたでしょ」

「気があるのは瓏帝国さ。あれは最初から皇帝を籠絡する目的で嫁いできたんだ。兄上には嫡子がいない。自分が皇子を産めば、その子が皇太子になる可能性は非常に高い。兄上は俺を嫌っているから、嫡男でありさえすれば母親の血筋など問わないだろう」

「そう思いどおりに孕《はら》めるもんですかねぇ？」

「さぁな。あの女、いざとなれば懐妊目当てに密通も辞さないという気がする。……いや、むしろすでに密男《みそかお》がいるかもしれないな。たとえば……旲の男と作った子を帝国の皇子として育てる、とか。公主が護衛として連れてきた旻の兵士が数名、聖上の許可を得て宮城に留まっていたはずだ」

「なんすか、そりゃ。郭公《かっこう》みたいだなぁ。托卵《たくらん》？」

思い切り顔をしかめる禄存に劉翔は苦笑した。

「ただの勘繰りだよ。下種だったな、忘れてくれ」

「まぁ、あの公主さまならやりかねないって気もしますけどね～。なんかあのヒト怖かったもん。雌カマキリみたいで。でも聖上はお気に召しちゃったんですよねぇ」

「好みだったんだろう。幸か不幸か」

「なのにまだ諦めてないんですね。奥方のこと」

「とにかく俺から取り上げたいんだよ。兄上からすれば、自分が目をつけていたのにいきなり横からかっさらわれたようなものだから。……わかっていても兄上には渡したくなかった」

劉翔の呟きに禄存は盛大な鼻息を洩らし、向かいにどすんと座って勝手に茶を注いで酒のように呷った。

「そりゃそうですよ。奥方は後宮向きじゃありません。なんせおっとりしてますからね」

劉翔は目をなごませてフッと笑った。

「日頃おっとりしてる反動か、追い詰められると思いも寄らぬ突発行動に出る」

「後宮入りを嫌がって家出しちゃうくらいですもんね。それで出会ってお互い一目惚れなんだから、やっぱり縁があったんですよ」

「以前に出会ったことがあるような気がしてな。そんなはずはないのに、どうしてもその感覚がなくならない」

「前世でも夫婦だったんじゃないですか。いや、結ばれずに終わった悲劇の恋人たちかも」

禄存の冗談半分の言葉が妙に脳裏に響く。劉翔はコトリと茶碗を置いた。

「……絶対に守ってみせる。できればどこか安全な場所に隠しておきたいんだが……そうもいかないのが歯がゆいな」

「罠《わな》をしかけるためには仕方ないですよ。目立たないように警備を増やします」

「俺が間に合わなかった場合は各自の判断で動いてくれ。とにかく翠蘭の身の安全が第一だ」

「わかってますって」

まじめくさって一揖する禄存に苦笑を返し、劉翔は席を立った。


二日後、劉翔は予定どおり兵五十騎を率いて京師《みやこ》を出立した。廉貞は同行するが、禄存は留守居を言いつかった。

翠蘭は房室《へや》で榻《ながいす》にぽつんと腰掛けて溜め息をついた。襟元から香袋を出して鼻先に押しつけ目を閉じる。

鴛鴦《おしどり》の刺繍を施した、お揃いの香袋。劉翔もこの香りをかいで自分を想ってくれるだろうか。

結婚以来、劉翔が留守をするのは初めてのことだ。しかも一日二日ではない。

国境の玄武関まで通常なら一か月強かかる。今回は騎馬小隊なので到着はもっと早いだろうが、それでも戻って来るまでにはどんなに早くても二月は見なくてはなるまい。

(二か月も劉翔さまと会えないなんて)

気の置けない侍女たちがいてくれても寂しいし、なんだか心細い。彼の存在がこんなに大きくなっていたことに改めて驚いた。

いや、劉翔はずっと前から翠蘭の心の大部分を占めていた。それでも前の世では滅多に会えない遠い人だった。彼を想うことで孤独な後宮生活をどうにかしのいでいた。

それが、今生では結婚して一緒に暮らし、そのぬくもりがあって当然のものになった。

望めばいつでも抱きしめてもらえたし、甘い接吻も欲しいだけ与えられた。

愉悦を分かち合い、確かな鼓動を聞きながら同じ褥で眠る日々を送った。

この数か月ですっかり当たり前になっていたことが、これからしばらくお預けなのだと思うと、改めて悄然としてしまう。

夜になり、牀榻《しんだい》に横になってもなかなか眠れなかった。

手を伸ばしても彼に触れない。寝ぼけてすり寄っても抱きしめてもらえない。寂しさが身に沁みて、じわりと目が潤んだ。

（劉翔さま、早く帰って来て）

香袋を握りしめ、羊脂玉の腕輪にくちづけて目を閉じたとたん、房室《へや》の外でバタバタと足音がしたかと思うとせわしなく扉が敲かれた。

「奥さま、奥さま！」

何事かと飛び起きて扉を開ければ、提灯《ちょうちん》を手にした深深が動揺しきった顔で立っている。

「どうしたの？」

「た、大変です、奥さま。聖上がお見えになりました！」

「何を言ってるのよ」

「本当なんです！　聖上が微行《おしのび》で……あっ、もうこちらに！」

見れば暗い回廊を、いくつもの提灯明りが近づいて来る。

着替えている暇はないが、夜着姿で皇帝の御前にまかり出るわけにはいかない。

翠蘭は急いで取って返すと、衣桁にかけてあった深衣を急いで身につけた。長い裾をぐるりと巻きつけ、帯に挟んだところで、『聖上のおなりー』とお付きの宦官《とも》が告げる。

取るものもとりあえず床に平伏した。常夜灯以外の蠟燭《ろうそく》が次々に灯されて室内が明るくなり、扉の閉じる音に続いて横柄な男の声がした。

「顔を上げよ」

「……恐れ入ります」

翠蘭は拱手した袖を眼前にかざし、顔を隠しながら身を起こした。

「朕は顔を上げよと言ったのだぞ。袖を下ろせ」

「支度しておらず、お見苦しいので……。ご容赦ください」

ちっと舌打ちする音がして、腕を押《お》し退《の》けられる。顎を掴まれ、強引に上向かされて翠蘭は息を詰めた。

宮城で拝謁した男の顔がそこにあった。

えらの張った尊大な顔つき。劉翔と半分血が繋がっているにもかかわらず、髪と目が黒いこと以外に共通点はひとつも見当たらない。

肌色は劉翔よりも浅黒いが、お世辞にも健康そうとはいえず、淀《よど》んでいながらぎらついている。がっしりと大柄で、背丈は弟に及ばないものの横幅は優っているから、よくいえば貫禄がある。

しかし、こんな夜中に人妻の寝所に押し入って来るのだから、翠蘭には蟹の化け物にしか見えなかった。

好色な目つきで舐めるように翠蘭を眺め、皇帝はにんまりした。

「化粧の必要もない、素晴らしい美貌だ。やはり朕の目に狂いはなかったわ」

「お、お許しくださいっ」

抗う翠蘭の腕を掴み、強引に引き立てる。乱暴に牀榻《しんだい》に投げ出され、逃げる暇もなく壁際に追い詰められた。

「そのほうは最初から朕のものだったのだ。劉翔めの帰還があと一日遅ければ、こんな回り道をせずとも済んだのに……。初花を摘む楽しみを奪われたのが口惜しくてならぬ。まぁ、そのぶんよく仕込まれていることだろう」

クク……と残忍に喉を鳴らす男の顔が前の世の記憶と重なる。

後宮に入れられた翠蘭のもとを訪れた皇帝は、がまんならぬ嫌悪感から激しく抗う翠蘭に業を煮やし、平手を浴びせた。

手加減なしに叩かれた衝撃で褥に倒れこんだ翠蘭の赤い夜着を剥ぎ、舌なめずりをしてのしかかった瞬間――。

恐ろしさが込み上げ、翠蘭は無我夢中で暴れた。

「いや！　放して！」

「おとなしくせんか。皇帝の情けを受けられるのだぞ、名誉であろうが」

「わたしは劉翔さまの妻、劉翔さま以外に指一本触れさせはしません！」

「天子に逆らう気か⁉」

「操を守れないなら死んだほうがましです！　放してくださいッ」

左頬に凄まじい衝撃が走る。

キーンと耳鳴りがして一瞬意識が飛んだ。皇帝は褥に転がった翠蘭の深衣を掴んで引き寄せると鼻息荒く襟の合わせを掴んだ。

その瞬間、扉が蹴り開けられ、足音荒く誰かが踏み込んでくる。

ぎょっとして振り向いた皇帝はむんずと襟首を掴んで放り投げられた。

「翠蘭！」

力強い腕に抱き起こされ、ぼんやりと目を瞬く。

「劉翔さま……？　どうして……ここに……」

今朝早く出立するのを確かに見送ったのに……。

第八章　比翼連理《ひよくれんり》

床に転がって目を回していた皇帝が、唸り声を上げながら頭を振って起き上がった。

「き、貴様、天子に対してなんたる無礼を……！　万死に値するぞ⁉」

「弟の留守を狙ってその妻に夜這《よば》いをかけるような男を天子とは思わぬ」

劉翔は肩ごしに振り向いて冷然と吐き捨てた。

口をぱくぱくさせた皇帝は床に座り込んだまま顔を真っ赤にして怒鳴った。

「誰か！　この者を捕らえよ、大逆罪だッ」

ばたばたと踏み込んで来る足音に、皇帝が下劣な笑みを浮かべる。しかし完全武装の兵士たちは劉翔ではなく皇帝を取り囲み、抜き身の刃を突きつけた。

「な……⁉　何をしている、貴様ら。さっさと謀反人を捕らえぬか！」

「あいにくと、その謀反人の手勢でございまして」

しれっとした声で答えたのは禄存だ。彼らが連れてきた護衛でないことにようやく気付いてきょときょとする皇帝に、禄存がニヤリとした。

「お供の方々には眠ってもらいました。いささか手荒でしたがね」

飛び出しそうに目を見開き、朱を注いだような顔で歯軋《はぎし》りする皇帝を無視して、劉翔は心配そうに翠蘭の様子を窺った。

「こんなに腫れ上がって……。なんてことだ。すまない、翠蘭。踏み込むのが遅かった」

「だ、大丈夫です」

「侍女を呼べ！　冷水と布を持って来い」

侍衛が応じて部屋を飛び出してゆく。

すぐに駆けつけた深深に手当てを任せ、劉翔は胡座《あぐら》をかいて憤怒の形相でこちらを睨みつけている兄皇帝に向き直った。

彼が口を開く前に皇帝が憤然とわめきだす。

「貴様、これは叛逆《はんぎゃく》だぞ⁉　わかっておるのか！」

「むろん、重々承知の上だ」

堅苦しく劉翔は答えた。もはや礼を尽くす気もないようで、傲然と兄を見下ろしている。

激怒した皇帝が跳ね起きようとするのを禄存たちが剣戟を突きつけて牽制《けんせい》した。彼らの目には天子に対する敬意も畏怖もない。

皇帝はますます憤ろしい表情で歯嚙みした。

「……二年前のことだ」

劉翔が無表情に話し出す。

「前線の軍営に俺を訪ねて来た者がいた。長らく母に仕え、幼い俺に初歩教育を施してくれた太監だ」

ぴくりと皇帝のこめかみが動く。劉翔はそのまま続けた。

「彼は俺に母の死の真相を告げた。母は病死ではなく毒を盛られたのだと。先帝が亡くなったのも心臓発作ではなく――おまえが殺した、と」

冷水に浸した布で頬を冷やしていた翠蘭は、ぎょっとして彼の横顔を見つめた。

皇帝は一瞬たじろいだものの、すぐにふてぶてしい嗤笑《ししょう》を浮かべて嘲《あざけ》った。

「何を根拠にそのようなことを。何故朕が父帝を弑せねばならぬ？」

「己の地位を守るためだ。父上はおまえを廃するつもりだった。素行不良の度が過ぎ、改善の見込みなしと判断されてな」

「黙れ！」

皇帝が目を剥いて凄む。劉翔は冷ややかに続けた。

「父上はそれを朝議で明らかにする前夜、ひそかにおまえを呼んでその旨を告げた。だが、おまえは以前からそのことに薄々気付いていた。父上の口からはっきり告げられ、意を決して父帝を弑逆《しいぎゃく》したのだ」

「は！　見ていたように言うが、どこに証拠がある？」

「証拠ならあるさ」

彼はおもむろに懐から黄錦の巻物を取り出した。皇帝の眼前に広げられたそれは、五本爪の龍を織り出した特殊な錦地に、詔だけに使われる特別な紙を貼り付けたものだ。

「宸筆《しんぴつ》（皇帝の直筆）ではっきりと、俺——烏骨劉翔を皇太子にする旨が書かれている」

「偽物だ！」

皇帝は青ざめて怒鳴った。

「先帝が発した勅書と見比べて鑑定した。紛《まが》うかたなき宸筆だ」

「そんなものあるはずがない！　あれば姜太監が——」

「先帝は姜太監の不正に気付いて馘首《クビ》にするつもりでいたから、勅書作成に関わらせなかった。おまえに買収されていることもすでにご存じだったのだろう。目立たないが実直で信頼のおける別の太監に保管させた。彼は先帝の急死を知って恐れおののき、勅書の存在を口にできなかった。そんなことをすれば口封じに殺されるに決まっているからな」

「偽物だ！　貴様が偽造したんだ！」

皇帝ははじかれたように飛び起き、突きつけられた剣戟も目に入らぬ様子で劉翔に突進した。その勢いに禄存たちも思わず後退《あとずさ》る。背いたとはいえ、劉翔の指示なしに今上帝を傷つけるわけにはいかない。

「玉座は俺のものだ。俺のものなんだ！　貴様なんぞに渡してたまるか」

襟首を掴んでわめく兄を、劉翔は無表情に見下ろした。

憤怒で真っ赤に染まった顔で血走った眼球を突出させ、青筋たててわめきちらす男には品位も何もあったものではない。

「父上は俺を排除しようとした。長子である俺を！　皇后の産んだ嫡子たる俺を！　そんなことはさせないぞ。絶対に許さない。そう怒鳴って揺さぶっていたら、父上は急に胸を押さえて苦しみ出した。そして倒れて……二度と起き上がらなかった……。は、は、はははははっ……！」

狂ったように哄笑《こうしょう》する兄を、劉翔は苦々しげに眺めた。

「父上は心臓が弱っていた。兄上も知っていたはずだ」

「ああ、知っていたさ。だからあれは病死だ。心臓発作で死んだんだ！　俺が殺したわけじゃないっ」

「だったら俺の母は？」

該零の顔が憎悪にゆがむ。

「あのクソ売女《ばいた》。落ちぶれ貴族に過ぎないくせに、父上に取り入って皇后に収まって……母上の死後ずっと空位だったのに。大体、皇后なら夫である皇帝の死に殉ずるべきだ！　なのに、のうのうと生き長らえて……。だから殉葬《じゅんそう》してやったんだ、婢女《はしため》としてな。皇后は俺の母だ。母上だけが皇后なんだ……ッ」

該零は凄まじい形相で歯を剥きだした。

「渡さんぞ。貴様にだけは土塊《つちくれ》ひとつ渡すものか。帝国の支配者は俺なんだ。この帝国は俺のものだ。あの女もッ……」

榻《ながいす》で手当てを受けている翠蘭を、小刻みに震える太い指で示す。

思わず竦み上がる翠蘭を、深深がしっかと抱きしめた。

「俺のものなんだ！　天子たる俺は、この世のすべての財物と美姫《びき》を手に入れる権利があるんだ。渡すものか！　玉座も、女も……俺の……俺、の……」

こめかみの癇筋《かんすじ》が急激にふくれあがる。

と、ふいに皇帝がよろめいた。

「お……ぇの……もの……ら……」

呂律《ろれつ》が回らなくなり、踊るように手足をふらふらさせたかと思うと、ぐるりと一回転して皇帝は仰向《あおむ》けに床に倒れた。

しばし全員があっけにとられ、室内はしんと静まり返った。

いち早く我に返った劉翔が、傍らに跪いてためらいがちに肩を揺する。

「おい。どうしたんだ、兄上」

ぴたぴたと頬を叩いても、なんの反応もない。瞼《まぶた》を指で開いてみると白目を剥いていた。ぱくりと開いた口からいびきのような濁った音が洩れる。

劉翔は振り向きざまに怒鳴った。

「医者だ！　軍医を呼べ！　医局の太医も呼んでこい」

禄存の指示で兵士たちが慌てて走ってゆく。

彼は眉をひそめて劉翔の隣に屈《かが》み込んだ。

「卒中ですか？」

「そのようだ」

「ともかく別室に運びましょう。——おい、担架を用意しろ」

「はっ」

さらに数人の兵士が房室《へや》を飛び出し、劉翔は団扇を取ってきて兄の顔を扇《あお》ぎ始めた。

気を取り直した深深が、濡らした布巾を差し出す。

一連の出来事を、翠蘭は呆気に取られて眺めていた。状況は異なるものの、前の世と同様に皇帝が卒中を起こすのを目の当たりにして頭がくらくらする。

（わたしが後宮に入らなかったから、卒中発作は起きないと思ったのに……）

前の世では、それは初夜の真っ赤な褥での出来事だった。

抗う翠蘭を平手打ちしてのしかかり、鼻の穴を昂奮にふくらませて下卑た笑いを浮かべた瞬間——。皇帝は糸が切れたように翠蘭の上に倒れ伏したのだ。

わけがわからず、急に酔いが回って寝てしまったのだと思って、助かったとホッとした。

が、実際には助かるどころか幽閉の身となり、皇后一族にいいように利用された挙げ句、傾国の悪女の汚名を着せられた。

そして劉翔と出会い、恋に落ちた。

翠蘭は彼を一武官だと思い、彼は翠蘭を下位の侍女だと思って――。

その誤解が解けると同時に、より大きな誤解を受けることになってしまった。翠蘭のことを皇帝をたぶらかす毒婦と思い込んだまま、やがて劉翔は叛乱の狼煙《のろし》を上げた。

離宮から逃亡した翠蘭は断崖に追い詰められ、背後から矢で射られた。

振り向けば抜き身の大刀を引っさげた劉翔が走って来るところで――。

「――翠蘭」

肩を掴んで揺り動かされる。

心配そうに劉翔が顔を覗き込んでいた。反射的に彼を押し返してしまい、悄然とした彼の顔にうろたえる。

「あ……」

「怒っているのだな。いや、気を悪くして当然だ」

「ち、違います。わたし……っ」

前の世の出来事と現在がごちゃまぜになって混乱しただけだ。急に現実感があやふやになり、翠蘭は無我夢中で劉翔にしがみついた。

彼の手が優しく背中をさする。

「……怖かったか」

抱きついたままこくこく頷くと、ぎゅっと抱きしめられた。

「すまない、怖がらせて悪かった」

そのぬくもりにようやくこれが現実《ほんとう》なのだと実感が湧く。

「……ごめんなさい、もう大丈夫です」

気を取り直して身を起こし、周囲を見回すと、すでに運ばれたと見えて皇帝の姿はなかった。

「こんなに腫れて……。女子に手を挙げるなど、もっての外だ」

憤慨の口調で独りごちると彼は布巾を冷水で絞り直し、翠蘭の頬にそっと当てた。

「だいぶ楽になりました。あの、聖上は……?」

「軍医が診てる。やはり卒中のようだ。太医も呼びに行かせたが、診断は変わらないだろう」

そこに深深が急ぎ足で薬湯を運んできた。

「飲みなさい。気分が落ち着く」

素直に椀《わん》を受け取り、温かい薬湯を口に運ぶ。

深深に目配せして下がらせると、劉翔はふたたび布巾を冷たく絞って翠蘭の頬にあてた。

「もう少し冷やしてから炎症を抑える軟膏《なんこう》を塗ろう」

翠蘭は頷き、さっきから気になっていたことを尋ねた。

「あの。聖上が忍んで来ると知っていて、戻って来られたのですか?」

劉翔は気まずそうに頷いた。

「知っていたというか……確かに見込んではいた。兄上は、人の妻になったからとて目をつけた女子を諦めるような御仁ではない。ましてや目障りな異母弟に褒賞として婚姻を願い出られてしぶしぶ認めたとあっては、な」

劉翔は溜め息をついて榻《ながいす》の背にもたれた。

「いずれこんな日が来るだろうと予想はしていた。兄上はこれまでにも、誰それの夫人が美女だと聞けばその夫を理由をつけて地方へ派遣し、その留守に夜這いをかけていたんだ」

被害にあった奥方たちの中には手込めにされたことを苦に自害したり、夫に打ち明けて離縁を願い出た者もいる。

夫や自身の出世を見込んで進んで応じる場合も多少はあったらしいが、大多数の夫は憤激して宮仕えを辞め、妻を連れて、あるいは離縁して京師《みやこ》を去った。

「夫のほうも、妻を寝取られたり、裏切られたりして憤死《ふんし》した者、自死《じし》した者もひとりやふたりではないようだ」

「ひどい……!」

「そういうことを兄上は皇太子の頃から繰り返していた。そんな悪事がいつまでもバレずにすむわけがない。やがては先帝の耳に入り、厳しく叱責を受けた。それでも愚行はやまず……ついに先帝は廃嫡を検討し始めた」

「無理もないです……」

翠蘭は暗然と溜め息をついた。

「被害者には能吏《のうり》や諫官も多く、彼らが去った宮廷は皇后一族の専横に歯止めがかからなくなった。志ある者たちは次々に宮城を去り……そういう者たちが集まって秘密の一派を作った。いわば謀叛《むほん》の予備軍だな。彼らは辺境を訪れ、俺に決起を促した」

翠蘭は目を瞠った。ばらばらに思えた出来事が次第に繋がり始める。

「そこに母と父帝の死の疑惑が加わり、俺を皇太子にするという勅書まで思いがけず手に入った。兄上のやりようはあまりに非道だ。諫めようとした者は追放され、あるいは自ら去り、残っているのはこびへつらうだけの愚物と、皇帝を利用して私腹を肥やそうとする佞臣だけ……。しかし、すぐに動くことはできなかった」

「……旻と戦争中でしたものね」

「北部諸州をすべて奪い返すまで帰還はならぬと命じられていた。俺を一生辺境に留め置く腹だったのだろう。実際、一進一退で戦況は捗々《はかばか》しくなかった。兄上はことなかれ主義の無能な将ばかりをわざわざつけてくださったからな。兵の士気も低かった」

苦笑する劉翔に翠蘭は眉をひそめた。

「でも……劉翔さまは一騎当千の強者だと禄存が言ってましたよ？　いつも先頭切って突撃す

るからお供の者は大変だと」

「確かに一対一なら誰にも負けない自信はある。だが、たったひとりで旻の全軍を相手にするわけにはいかない。いつも先陣を切ったのは半分以上やけくそだな。そうでもしないと兵を鼓舞できない」

急に彼がフッと笑みを洩らし、翠蘭は目を瞬いた。

「なんです？」

「いや……皮肉だなと思って。兄上の乱行のせいで宮廷は才能ある人材を多数失った。だが、そのおかげで俺の陣営には有能な人材が集まり、その結果、旻との戦に勝利したわけだ。たとえば禄存だが、あいつの義姉は皇帝に手込めにされ、首を縊《くく》って死んだ。兄はその非道に抗議しようとして殺された。表向きは急な病とされているが……。さらには汚職の罪まで着せられて全財産を没収され、一族は京師《みやこ》から追放された」

あまりの非道ぶりに言葉を失う。

禄存の飄々《ひょうひょう》とした笑顔を思うと胸が詰まった。

「とてもそんなことがあったようには見えませんね……」

「似たような境遇の者は他にも大勢いるよ」

劉翔は嘆息した。

「彼らが集まってくれたおかげで旻との戦に勝てた。まずは国境を安定させない限り、叛乱などとても起こせない。北部諸州を奪還しても、辺境から叛乱を起こせば帝国の無辜の民が争いに巻き込まれる。いくら上が腐っていようと京師《みやこ》の警備は厳重だ。手持ちの軍勢で攻め上ってもそう簡単には落とせないし、京師が混乱に陥れば無用な死者が出るのは間違いない。それは避けたかった。そのためには命令どおり北部諸州を取り戻して凱旋するというのが、最も疑われずに済む」

「では、決起するおつもりで帰還なさったのですね」

劉翔はゆるくかぶりを振った。

「……迷いは残っていたんだ。臣下への悪逆無道は疑いようもないが、母と先帝の死因や、勅書についてはまだ疑問があった。それを伝えた太監が信用できなかったわけじゃない。幼い頃から知っていた人物だし、母にとても忠実だった。これは推測だが……彼はひそかに母を愛していたのではないかと思う。だからこそ母の死を病死と認めたくなかった、というだけかもしれない。愛する女子の子である俺を玉座に就かせたいという願望も、相当強かったはずだ」

「その太監は今どこに？」

「亡くなったよ。俺のもとにたどり着いたとき、すでに不治の病に冒されていたんだ。事を起こす前に彼の言葉が本当かどうか確かめなければと思った。勅書が本物かどうかも。そのためにも、一旦は京師《みやこ》に戻る必要があった」

「勅書は本物だったのですね？」

「ああ。さっきも言ったが、残された先帝の筆跡すべてと見比べた。複数の書の名人に頼んで鑑定もしてもらった。文言だけでなく、玉璽《ぎょくじ》の印影、使われた紙や絹布も調査した。結果、やはり本物で間違いないという確信が得られた。先帝は俺を後継者として指名していたんだ」

そしていよいよ決起となったわけだが、やはり劉翔はなるべく事を荒立てたくなかった。

同時に、言い逃れできない状況に皇帝を追い込みたいという思惑もあった。

「今回の人質出迎え命令は渡りに舟だった。兄上の腹は読めていた。宣媚公主の入れ知恵で、一石二鳥を狙ったんだろう。俺は兄上からも旻からも憎まれているから、俺が死ねば双方の望みが叶う。兄上は俺を排除でき、旻は仲間の仇討《あだう》ちができる」

「でも劉翔さまがいなくなったら、また国境争いが始まりそうですが……？」

「すぐに攻めて来ることはない。そうしたくても今の旻には兵力が足りないんだ。宣媚公主を送り込んだのもそのため。恭順の意を示すための人質として以上に、皇帝を籠絡し、旻に有利な政策を取らせるのが目的だ。その間に兵力を蓄え、反撃の機会を窺う。首尾よく公主が寵愛を得て皇子が生まれれば、いずれ領土の割譲も期待できる」

なるほどと頷くと扉が敲かれ、禄存の声がした。

「大将軍。太医がお話ししたいそうです」

「今行く」

劉翔は翠蘭の手をぎゅっと握った。

「兄上が倒れたのは想定外だが、天罰が下ったとも言えるな。計画は予定どおりに進める。この邸はしっかり守っているから安心しろ。兄上を奥まで通したのは、その、計画のうちだ。悪かった」

ばつが悪そうな顔になる劉翔に、翠蘭は微笑んだ。

「いいんです、わかってますわ。怒ってませんから」

劉翔は翠蘭に覚《さと》られぬよう近くに潜んで見張っていたのだ。一瞬の差で平手を浴びてしまったが、彼を責める気はない。

彼が出て行くと入れ替わりに深深が軟膏を持って戻ってきて、それからずっと側についていてくれた。

皇帝・烏骨該零は意識不明のまま宮城に担ぎ込まれた。

皇后と丞相は許可なく引き返した劉翔を難詰《なんきつ》したが、皇帝が弟の留守を狙って自宅に微行《おしのび》し、夫人を手込めにしようとして卒中を起こしたとあっては加勢する者もさすがにおらず、非難は尻すぼみに終わった。

形勢不利と見た皇后は、皇帝の意識が戻るまで自分が摂政《せっしょう》になると言い出し、兄である丞相もそれが筋だと言い張った。

黙って聞いていた劉翔はおもむろに先帝の勅書を取り出した。

該零を廃嫡し、劉翔を皇太子にするという詔が明らかになると、朝堂は蜂の巣を突ついたような騒ぎになった。

皇后一派は偽物と決め付けたが、鑑定の結果本物であることが証明されてはどうしようもなかった。

該零は先帝の意向を無視して玉座を簒奪したのである。

劉翔が新帝として即位し、罷免《ひめん》された丞相に替わって、かつて彼と対立して宮城を去った大夫が抜擢《ばってき》された。

皇后はその位を剥奪《はくだつ》され、意識不明の該零と同じ殿舎に軟禁の身となった。

皇后や丞相の引き立てで官職を得ていた者の大部分も罷免となったが、本当に能力のあるごく一部の者については劉翔はそのまま残した。

旻への人質出迎えは廉貞が代理として赴き、王子を引き取ってきた。旻としては、迎えが劉翔でないからと言って引き渡しを拒否することはできない。

拒否されたら交渉せずに戻ってよいと言われていたため廉貞はあくまで強気に接し、旻は幼い王子をしぶしぶ引き渡した。

帰国した廉貞は、旻の奴らの悔しげな顔を見せたかったですよと呵々大笑《かかたいしょう》した。

倒れてから五か月。該零は一度も意識を取り戻さないまま息を引き取った。

彼が先帝を殺したかどうかは微妙なところであり、皇統譜《こうとうふ》からの削除は見送られた。

先帝が心臓に病を抱えていたのは周知の事実で、該零の粗暴な振る舞いで発作が引き起こされたとしても明確な殺意があったとまでは言い切れない。

卒中を起こす前に兄がぶちまけた言葉は真実であろうと劉翔は考えている。

殺そうと思ったわけではなく、怒りのままにわめき散らし、力任せに揺さぶっているうちに先帝の弱っていた心臓が耐えられなくなってしまったのだ。

しかし、該零の暴虐で被害を被った多くの人々に配慮して、諡号《おくりな》には通常用《もち》いられない悪い意味を持つ文字を当てた。

それを見れば後の世の人々にも彼が暴戻《ぼうれい》なる暗君であったことが伝わるはずだ。


さらに一か月経って、劉翔は後宮を解散した。

先帝の妃嬪は子のいる者だけを残して残りは実家に戻した。帰る家のない者には縁談をまとめ、希望者には出家の手続きをした。

先帝が倒れてから新たに懐妊が判明した者はいなかった。

宣媚公主もまた妊娠していないことが確認されたため、劉翔は彼女を旻に戻すことにした。人質なら新たに送られた幼い王子がいる。

宣媚は、君主が亡くなれば後を継いだ者が先代の妃をそっくり引き取るという母国の習慣を持ち出して居残りをねだったが、そのような習慣は我が国にはないと劉翔はにべもなく撥《は》ねつけた。

厳重な監視をつけられた宣媚は、憮然とした面持ちで母国へと護送されていった。

後宮に残ったのは先帝の公主が三人と、その母たちだけだった。

位を取り上げられた元皇后には当然ながら皇太后の宣下はなく、かつて蔑んでいた他のふたりの妃嬪のように太后とされることもなく後宮の片隅でわびしい生活を送ることとなった。

兄の元丞相との面会も許されず、もはや権力目当てにすり寄る者もいない。

それを聞いて翠蘭は何とも言えない心持ちになった。

前の世の皇后は翠蘭を軟禁状態に置いて傾国の悪女に仕立て上げ、翠蘭の名前で奢侈品を買《か》い漁《あさ》ったり、宮殿を豪勢に改築したりとやりたい放題だった。

今生では宣媚公主が翠蘭の役どころだったのかもしれないが、皇帝がぴんぴんしていたので利用したくともできなかったのだろう。

聞くところによれば皇后と宣媚公主は露骨に張り合い、罵倒し合っていたという。

宣媚をいずれ皇后に据えると該零が洩らしたのを聞きつけた皇后が、兄の丞相を巻き込んで騒ぎになったことも何度かあるそうだ。

宣媚公主が去り、公主とその母后たちの引っ越しが済んで、いよいよ翠蘭は宮城へ移ることになった。後宮が落ち着くまでは、これまでどおり軍府の後房で暮らしていたのだ。

新帝として宮城の主となった劉翔は朝堂を始め各部署の改革に忙しく、時々しか軍府には戻れなかった。

寂しい日々が半年も続いたが、これからはまた一緒に暮らせる。

喜びを胸に、翠蘭は豪華な輿に乗って宮城に入った。

終章

すでに皇后の宣下を受けていた翠蘭に、新たな顔ぶれの文武百官がうやうやしく拱手拝礼する。劉翔と並び立ちながら緊張で足が震えそうだ。

その中には工部尚書（長官）に出世した父の姿もあった。上司が元丞相と結託して不正に手を染めていたため罷免となったことによる持ち上がりに過ぎないのに、本人は鼻高々だ。娘が皇后となったことでさらなる出世を見込んでいるのだろうが、義父だからというだけで取り立てることなど劉翔は絶対にしないだろう。

皇帝自らが案内に立って翠蘭は後宮へ導かれた。前の世では絶望と苦しみしかなかった場所。どれほど豪華でも監獄に等しかったその場所へ、今生で初めて足を踏み入れる。

案内されたのは長秋殿《ちょうしゅう》――皇后の住まいであり、後宮の中心となる最も豪華な宮殿だ。いくつもの房室《へや》が並び、居間も寝室もちょっと落ち着かないくらいに広い。

「家具はそのままだが、多少配置を変えた。帳など布類はすべて新しいものに取り替えてある。気に入らなければ好きに改装してかまわない」

気前よく言われ、翠蘭は慌ててかぶりを振った。

「とても素敵ですわ。あの……本当にわたしがここに住んでよろしいのですか?」

「そなたは皇后だぞ。何を遠慮しているのだ」

劉翔は苦笑して翠蘭を抱き寄せた。

「なんだか現実感がなくて……」

どうしても前世での生活がだぶってしまう。昭儀の位と碧羅宮を与えられていても、ごく限られた一角から出られない監禁同然の生活だった。

表向きは皇帝が翠蘭に耽溺《たんでき》して入り浸りということになっていたが、実際には卒中に倒れた皇帝が極秘で療養生活を送っていたのだ。

卒中発作の責任を負わされた翠蘭は、宮殿の主であるにもかかわらず日当たりの悪い倉庫のような部屋で暮らしていた。

贅沢とはまったく無縁の生活で、皇后が送り込んだ監視役の居丈高な女官の指示に従わなければ容赦なく鞭打《むちう》たれた。

豪華な衣装をまとって皇帝の側に侍らされることも時々あったが、それは実情を知らぬ家臣たちを欺くための演出に過ぎなかった。

離れた場所から眺めることしかできない家臣たちは、翠蘭にべったりと密着して離れようとしない皇帝の姿を見て嘆かわしげに頭を振った。

実際には自力で姿勢を維持できない皇帝を翠蘭が必死に支えていたのだ。

艶冶な微笑を絶やすなとも命じられていた。わずかでも眉宇をひそめたりすれば後で仕置きとして竹杖で足腰立たなくなるまで叩かれた。

虜囚も同然の翠蘭を苛めることは、性根のゆがんだ女官や宦官にとって恰好《かっこう》の腹いせだった。

翠蘭は皇帝の卒中発作を引き起こした大罪人。

本来なら死罪になって当然なのに皇后の格別のお情けで生かしてもらっているのだ。ゆえに生かしてさえおけばどう扱ってもかまいはしない。

彼らの残酷な嗤笑を思い出すと、後宮という場所にどうしても恐ろしさが込み上げる。

「どうした？　顔色が悪いな」

「き、緊張してしまって……」

劉翔に気遣われ、翠蘭はぎこちなく微笑みながら自分に言い聞かせた。

(前の世とは違うのよ。怖がることなんてない)

翠蘭を後宮に攫《さら》った該零は既に亡い。傾国の悪女に仕立てて利用した皇后も、政《まつりごと》を専断し、私腹を肥やしたその一族もすべて失脚した。

皇帝となった劉翔は翠蘭だけを愛してくれる。

今や翠蘭は劉翔のただひとりの妻、皇帝と並び立てる唯一の存在である皇后なのだ。

「焦ることはない。少しずつ慣れていけばいい。ちょっとばかり広くなっただけで、今まで住んでいた軍府の後房と変わらないさ」

ちょっとばかりにしてはずいぶん違うけど……と苦笑してしまう。

「気分直しに園林《にわ》の散歩でもするか」

はい、と頷くと劉翔はお付きの太監に輿の用意を命じた。

季節は移り変わり、京師《みやこ》は春を迎えていた。宮城の北側に広がる禁苑《きんえん》にも様々な花が咲き乱れている。

城外から水を引き込んで河が作られ、大小六つの池がある。その周囲には瀟洒《しょうしゃ》な楼閣や亭《あずまや》が点在している。

輿から外を眺めていた劉翔が、ふいに停止を命じた。

「桃の花が満開だ。見ていこう」

輿から下り、劉翔と手をつないで桃園に入る。びっしりと花をつけた枝がさわさわと風に揺れる様を見て、翠蘭の脳裏に忘れがたい光景が浮かび上がった。

（ここは……？）

そう、この場所だ。初めて劉翔と出会った場所。

（あのときは満月で――）

振り仰いだ蒼穹《そうきゅう》に、白い三日月が浮かんでいる。

ふいにくらりと眩暈がした。

――思い出した。

最後に見た光景。

前の世で追い詰められた断崖の上。足元が崩れ、のけぞった瞬間――白い月が見えた。

その月が、こちらへ走って来る劉翔が引っさげた偃月刀《えんげつとう》に重なる。

（劉翔さまが、わたしを殺そうとしている……）

笑いと涙が同時にこぼれた。

未だ希望を捨てきれずにいたことが可笑《おか》しくて。

自分を憎む劉翔を、それでも愛さずにはいられないことが悲しくて。

『桃月――!!』

絶叫する声。

ああ、名を呼んでくれた。

あなたがつけてくれた、わたしの名前。

最後にその名で呼んでもらえて嬉しかった。最後まで誤解されたままなのは悲しいけれど。

いつかあなたが事実を知ることはあるのかしら?

傾国と詰《なじ》られ憎まれた、わたしの真実を。

（さよなら……劉翔さま）

もしも生まれ変われるものならば、蝶《ちょう》になってあなたの肩に止まりたい。

そうしたらあなたはきっと微笑んでくれるでしょう。
いつかのように。
わたしを『桃月』と呼び、羊脂玉の腕輪をくれた、あのときみたいに……。
「…………っ！」
ぐっと手首を掴まれ、目を見開く。
びょうびょうと耳元で風が渦巻く中、劉翔が微笑んでいた。
唇が動く。
『死なせはしない』
そう聞こえたのは幻聴？
真っ逆様に墜落しながら、力の限りに抱きしめられる。
今度こそ、聞こえた。
『ひとりで死なせはしない』
決然とした彼の声。真摯な瞳で、想いを込めて微笑みかけられる。
その瞬間、爆発したように意識が広がった。
様々な場面が怒濤のごとく押し寄せる。
『違う！　桃月は、けっしてそのような女子ではない！』
禄存に向かって血相を変えて叫んでいる劉翔。

『きっと何か理由があるのだ。きっと……絶対に……！』

調べろと彼は命じている。

『何かが奇怪《おか》しい。兄上が姿を見せなくなった本当の原因を探るのだ』

必死に手を伸ばしても、彼の姿は時空の奔流に呑まれてしまう。

異なる場面の劉翔が次々に現れては消えてゆく。

『必ず桃月を救い出す』

『俺と面識があることが奴らに知られれば、桃月の命が危ない。奴らの思惑どおり、白昭儀は毒婦だと思い込んでいるふりをしなければ……』

『赦《ゆる》してくれ、桃月』

『きっと助ける。あと少しだけ辛抱してくれ』

苦悩する劉翔の幻影に向かって懸命に手を伸ばしたが、ごおごおと唸る風に阻まれ、吹き飛ばされてしまう。

気がつけば、翠蘭は炎上する離宮の上に浮かんでいた。

誰かが離宮から走り出て、山道を必死に駆け上ってゆく。

（わたしだわ）

叛乱軍が押し寄せて来ることを知った深深は、何はともあれ翠蘭を逃がそうとした。

皇帝を惑わして奢侈に耽り、側近らの専横を招いた奸婦として、白昭儀こと翠蘭は志ある者たちから疎まれ、憎まれている。

叛乱軍に捕らわれれば誅殺《ちゅうさつ》されるのは間違いない。

自分が時間を稼ぐからその間に逃げるように促す深深と、ひとりで逃げるわけにはいかないと拒否する翠蘭が言い争う間にも、離宮に怒号と悲鳴がこだまする。

隙をついて強引に外に押し出された翠蘭は、内側から固く閉じられた扉を必死に叩いた。

『いたぞ！』

『逃がすな！』

怒鳴り声に振り向けば、てんでに武器を携えた兵士たちが昂奮した面持ちで走って来る。

翠蘭は竦み上がり、脱兎《だっと》のごとく走り出した。

無我夢中で山道を駆け上がる。とにかくどこかに身を隠さねばという一心だった。しかし翠蘭のたどった道は見晴らしのよい崖の上で途切れていた。

そこからは燃え上がる離宮がよく見えた。

呆然とする翠蘭の背を、強い衝撃が襲う。

「……ぁ」

かろうじて踏みとどまり、胸から突き出した鋭い鏃を呆気に取られて眺める。背後で何やら立ち騒ぐ物音が上がったが、衝撃で放心する翠蘭の耳には入らない。

ふらふらとよろめく翠蘭に聞こえたのは、自分の名を呼ぶ愛する男の声だった。

『桃月!』

劉翔が走って来る。右手に引っさげた偃月刀の刃から血潮が飛び、彼の背後に倒れ伏す人影が見えた。その手に弓を掴んで――。

その瞬間、翠蘭は理解した。

(違う。劉翔さまじゃなかった)

翠蘭を射たのは別の男だ。

戦功を逸《はや》った兵士が、傾国の悪女を仕留めようと勇み足で弓矢を放ったのだ。

追ってきた劉翔は一足遅くそれを防げなかった。逆上した彼は、やったと小躍りしている兵士を問答無用で斬り捨て、翠蘭を救わんと走ってくる。

(ああ……そうだったの……)

劉翔は翠蘭を救おうとした。

憎んでなどいなかった。『桃月』と名付けてくれたときと変わらぬ想いを抱き続けてくれたのだ。

ふたたび時空の奔流に呑み込まれ、手違いがあったことを翠蘭は知る。

劉翔は翠蘭――白昭儀を守れと命じたのに、それが故意か過失か誤って伝わってしまったのだ。

白昭儀を仕留めた者には褒美を出す、と。

ふらつく翠蘭の足元で崖の突端《とったん》が崩れた。

がくんとのけぞった視界に映る、蒼《あお》い空と白い月――。

反射的に伸ばした手を、微塵の迷いもなく地を蹴った劉翔が掴む。

『ひとりで死なせはしない』

決然とした囁きに、喜びとともに狂おしいほど痛感する。

この人を死なせたくない。

絶対に。

――神さま。

最期にひとつ、どうか願いを聞いてください。

劉翔さまを助けて。

わたしはどうなってもいい。ただ、この人だけは助けてください。

どうか、どうか、お願いです――。


「――翠蘭!」

懐かしい、愛しい声に掬《すく》い上げられ、水面から顔を出すように翠蘭は目を見開いた。

熱い涙がこめかみを伝い落ちてゆく。

「翠蘭、大丈夫か？　俺が見えるか？　俺の声が聞こえるか？」

必死の面持ちで覗き込む劉翔を呆然と見つめ、翠蘭は小さく頷いた。

「は、い……」

「痛みはないか？　痺れは？」

「大丈夫……です……」

起き上がろうともがく翠蘭に劉翔が手を貸す。

枕を背にあてて牀榻《しんだい》に寄り掛かり、翠蘭はぼんやりと周囲を見回した。

「ここは……？」

「椒房《しょうぼう》（皇后の宮殿）だ。そなたは桃園で突然倒れたのだ」

「桃園……」

「覚えていないか？」

心配そうな劉翔の顔を見返し、翠蘭はゆっくりと頷いた。

「覚えて……います……。わたし、どれくらい気を失っていたのですか……？」

「大丈夫、ほんの数刻だよ。今は初更《しょこう》の五つ半（午後九時頃）くらいだ」

劉翔は安心させるように翠蘭の手の甲をそっと叩き、振り向いて太医を呼んだ。

まかり出た太医がうやうやしく拱手する。

翠蘭は劉翔に促され、手を差し出した。太医は翠蘭の手首に絹布《けんぷ》をかけ、その上からそっと指を当てた。

しばし脈診に集中し、頷いてふたたび拱手一礼する。

「新しい環境で、少々緊張なさっておいでのようですが、心配ありません。気分が落ち着く薬を処方しますので、お飲みになってください」

太医が下がると、劉翔はふたたび牀榻《しんだい》に腰を下ろして翠蘭の手を握った。

「すまない。来た早々散歩になど連れ出したのがよくなかったな。そなたを宮城に迎えることができて、つい浮かれてしまった」

「本当にもう大丈夫ですから」

微笑みかけると劉翔は翠蘭の頬を撫で、肩を抱き寄せた。

「しばらくゆっくり養生するといい。誰にも気兼ねはいらないぞ。後宮の主はそなたなのだから」

はい、と頷き、しばし身をゆだねて翠蘭は呟いた。

「気を失っている間に夢を見ました。すごく……不思議な夢を」

「どのような夢だ？」

「死んでしまう夢です。わたしも、劉翔さまも」

劉翔がぎょっと目を剥く。

「何故そのようなことに⁉」

「わたしが崖から落ちて……。助けようとした劉翔さまも一緒に落ちてしまうんです。わたしは神仏に必死に祈りました。劉翔さまを助けてください、と」

唖然としていた劉翔が、翠蘭の両手を握りしめる。

「俺はきっと、そなたを助けてくれと祈っただろうな。もしもそんなことが現実に起こったとしたら、必ずそなたを助ける。生きるも死ぬもそなたと一緒がいい。いや、一緒でなければ絶対に厭だ」

「はい……」

瞳が潤み、視界がうっすらとぼやける。

記憶が混乱して今まで思い出せなかったけれど、あの瞬間に何よりも翠蘭が望んだのは自分が生きることではなかった。

劉翔に生きてほしかったのだ。

きっと彼も同じことを願ったのだろう。翠蘭のようにはっきりとは前世のことを覚えていなくても、翠蘭を心から愛し、全力で守ろうとしてくれた。

矢で射られたことを思えば、皇帝からの平手打ちなど大したことではない。

前世とは違うようでどこか似た感じのする幾つもの出来事。悲しくすれ違ってしまったふたりの手は、今生ではしっかりと結ばれた。

翠蘭は劉翔の手をぎゅっと握り返した。

この手をけっして離しはしない。

「……ずっと一緒にいられますよね？　わたしたち……」

「もちろんだとも。そなたは俺の最愛の女子。唯一無二の妃だ」

きっぱりと断言され、感激が込み上げる。

彼の胸に顔を埋めると、優しく背中を撫でられた。

互いの唇が近づいた瞬間、薬湯を捧げ持って深深が部屋に飛び込んで来る。

「皇后さま、お薬湯が――――ああっ、すみません！」

赤面する深深に劉翔が苦笑し、薬湯を置いて下がるよう言いつける。

深深は深々とお辞儀すると、きまり悪そうな顔でそそくさと出ていった。

椀を手にした劉翔は「ちょっと熱いな」と呟き、添えられたれんげに薬湯を掬《すく》って息を吹きかけ、冷ましてから翠蘭の口許へ持っていった。

「ほら、飲んで」

「自分で飲めます……」

「いいから」

さらに促され、おずおずとれんげに口をつけると劉翔はにっこりした。

結局、上機嫌にふうふうしながら全部飲まされてしまう。

劉翔は椀を卓子《テーブル》に戻し、かいがいしく介添えをして翠蘭を横たわらせた。

「今夜はゆっくり休むといい。安心しろ、ずっと側についてるから」

「劉翔さまもお休みになってください。政務でお疲れなのに……すみません、このようなことまでしていただいて」

「妻の面倒を見るのは夫として当然だ。それに、そなたの顔を見れば疲れなど吹き飛んでしまう。俺のためにも早く元気になっておくれ」

甘い声音に翠蘭は顔を赤らめた。

「大丈夫です、もう倒れたりしませんから」

すべてが繋がった今、迷いはない。本当にこれは現実なのか、ただの夢想ではないかと不安になることも。

劉翔も翠蘭も生きている。ふたりで歩む未来がある。

ただそれだけで満足だ。

「……これからも、ずっと劉翔さまのお側にいます」

囁いて頬に手を伸ばすと、彼は自分の手を重ねて微笑んだ。

「ああ。俺たちはずっと一緒だ。死でさえも引き離すことはできまい。俺たちの魂は、きっとひとつなのだから。そうと知らずに魂の片割れを探し続け……ようやく見つけ出した。そなたと目が合った瞬間の、なんとも言えないあの気持ちの昂りは今でも鮮明に思い出せる」

「わたしもです」

身をかがめた劉翔が、そっと唇を重ねる。

「……ひとつだけ解せないことがある」

「なんです？」

「どういうわけか、月下の桃園でそなたと出会う夢をたびたび見るのだ。それもそなたと出会った後からだ。前なら正夢ということになるのだろうが、これはどうしたことだ？　先ほど桃園でそなたが倒れ、これの予兆だったのかと冷や汗をかいたぞ。しかし夢では満月の夜で、そなたは別に倒れはしなかったしな」

眉根を寄せて首を傾げる劉翔に、ひっそりと翠蘭は笑みをこぼした。

「前世にそうして出会ったのかもしれませんね」

「そうだな。──うん、きっとそうだ。そなたと出会って、前世の記憶が蘇ったのだろう」

劉翔は上機嫌に言って翠蘭の唇をふさいだ。

何度もくちづけを重ね、うっとりと吐息を洩らす翠蘭の頰を撫でて劉翔は囁いた。

「困ったな。そなたが欲しくなってしまった」

飾らない口調に頰を染める。

「わたしは……かまいませんけど……」

「かまわないとはまたつれない言いぐさだな」

からかうように言って、劉翔はまた唇をついばむ。

「そ、そういうつもりでは……」

「この半年、数日に一度しかそなたに会えず、もどかしかった。宮城に連れてきたかったが、後宮の整理が着くまでは用心したほうがいいと思ってな……。万が一にもそなたが狙われるようなことがあっては困る。先帝の妃たちの住まいを北西の隅に定め、そなたの住まう殿舎と直接行き来できないように区画を分けた」

「それでは公主さまたちがお気の毒な気がしますけど……」

「面倒はちゃんと見る。いずれよき相手を選んで降嫁させるつもりだが、そなたに取り入ったり、泣きついたりできないようにしたかったんだ。信頼のおける者たちを配置し、これで大丈夫だと確信が持てるまでは寂しさをぐっと堪えて我慢した」

「わたしも寂しかったです」

彼が帰宅したときには情熱的に抱き合っていたけれど、別々に暮らす寂しさはぬぐえない。

褥に滑り込んだ劉翔は、気づかわしげに翠蘭を見つめた。

「本当に大丈夫か？　無理しなくてよいのだぞ」

「大丈夫です。わたしだって……その、劉翔さまが……」

「俺が、なんだ？」

ニヤリとして促される。翠蘭は赤くなって口ごもった。

「その……ほ、欲しい……です……」

思い切って口にしたとたん、ぎゅっと抱きすくめられて息が止まりそうになる。

「愛してる、翠蘭」

真摯な声音に喜びが込み上げ、こくりと頷いた。

「わたしも愛しています、劉翔さま」

急いたように唇が重なった。

何度も口唇をむさぼり吸われ、絡めた舌をきつくしごかれて生理的な涙が浮かぶ。

翠蘭は彼の背に腕を回し、ごつごつした背骨のくぼみやしなやかに躍動する筋肉をうっとりと撫でさすった。

思うさま口腔をなぶり尽くすと、劉翔は軽く息を弾ませながら欲望の滾《たぎ》る瞳でじっと翠蘭を見つめた。

濡れた互いの唇に唾液が細い橋を架ける。

彼は男っぽい色香ただよう笑みを浮かべ、翠蘭の夜着の合わせを開いた。ふるんとこぼれ出した乳房に飢えたように吸いつく。

さくらんぼのようにぷりっとしたふくらみに軽く歯を立てられ、舌先で舐め転がされると、性感が刺激されて全身がぞくぞくとわなないた。

「あ……」

翠蘭は甘えるような溜め息をもらし、無意識に腰をくねらせた。

素直な反応に気をよくして、劉翔ががっしりとした掌で乳房を包み込む。円を描くように押し揉まれ、捏ね回されて翠蘭は背をしならせて喘いだ。

「心地よいか」

「ん……ッ、いいです、気持ちぃ……っ」

濃桃色に染まった乳首を乳輪ごとじゅうっと吸われ、鋭い性感に顎を反らす。未だ触れられていない秘処に刺すような刺激が走り、翠蘭は唇を噛んだ。

「ますます感じやすくなったな」

満足げな囁きに、翠蘭は顔を赤らめた。

「恥ずかしい……」

「何を恥ずかしがることがある？　感じてくれて嬉しいぞ」

「劉翔さまに喜んでいただけるなら……恥ずかしくても我慢します」

含み笑った劉翔が、ちらと房室《へや》の隅を見やる。そこには例の美人椅子が鎮座していた。

「いずれまたあれで愉しませてくれるな？」

「こ、今夜は厭です」

「わかってるよ」

彼は機嫌よさげにくっくと喉を鳴らし、やわやわと乳房を揉みしだいた。

「今宵はそなたを愉しませることが第一だ。後宮の主となった祝賀として」

「へ、変なお祝いですね……」

とまどう翠蘭の頤《あご》を掬い、劉翔は甘やかす口調で尋ねた。

「何をしてほしい？」

「何って、そんなこと言われても……」

翠蘭は口ごもった。

されるがままで充分満足しているのに。彼はいつだって理性がぐずぐずに蕩《とろ》けてしまうほど感じさせてくれる。

幾度となく絶頂に達し、恍惚としながらさらなる快楽を強いられて、喘ぎ悶えることしかできなくなってしまう。法悦で意識が朦朧とし、記憶も定かでなくなるのが毎度のことだ。

劉翔以外の男性は知らないし、他の夫婦がどうなのかもわからないけれど、たぶん自分たちは相性がとてもよいのだろう。

新婚の頃、自分は情事には疎いからといって、劉翔は部下から贈られた春宮図を手本にしていた。すでに暗記したと言ってもう見なくなったが。

彼の、そんなちょっと変な具合に真面目なところもかわいいというか、愛しいと翠蘭は思っている。

「……劉翔さまになら何をされても気持ちがいいから、選べません」

正直に答えると、彼は照れたように苦笑いした。

「まったく、俺の妻はかわいすぎるな。俺にされて厭なことはないのか」

「ありませんわ。恥ずかしいことならたくさんありますけど……。あっ、そうだわ。恥ずかしくないようにしてください！」

「それは無理な注文だ」

「どうしてですか」

「俺が何をしても、そなたは恥ずかしがるからな」

にんまりして劉翔は夜着を脱ぎ捨てた。

鍛え抜かれた頑健な裸身は、何度見ても感嘆してしまう。彼は翠蘭を裸にすると脚を大きく広げた。

ぱくりと割れた花唇からとろりと蜜がこぼれ落ちる。乳房を弄られているうちに、秘処は潤い、たっぷりと蜜を蓄えていた。

「美味そうだ」

満足そうに囁き、秘裂に舌を這わせる。

「んぅっ」

ぬるりと蜜を掬うように舐められ、びくりと身じろいだ翠蘭は反射的に口許を押さえた。

劉翔は溝に沿って舌を蠢かし、ふくらんだ媚蕾に吸いついた。

「……ッく」

びりっとするような性感が走り、下腹部が不穏に疼く。舌を使いながらそそのかすように劉翔は囁いた。

「遠慮せず声を出していいのだぞ？　悪いことをしているわけではないのだからな」

唇を押さえたまま、翠蘭は涙目でふるふるとかぶりを振った。理性があるうちは羞恥心が勝ってなかなか声を上げられない。

彼に言わせれば、そうやってぎゅっと眉根を寄せて堪える様にひどくそそられるそうだ。だからといって露骨に悦がって甘えたりねだったりするのは、もともと内向的な性格の翠蘭には難しい。

劉翔はなだめるように翠蘭の腿を撫でた。

「無理することはない」

「……嫌いになったりしませんか」

指の隙間からとぎれとぎれに尋ねる。

彼は目を瞠ったかと思うと、ひときわ強く花芯に吸いついた。

「嫌うわけないだろう。こんなにかわいいのに」

「ひぁっ、ぁんんっ！　しゃ、喋っちゃだめ……っ」

敏感な花芽に熱い吐息がかかり、鳥肌立つような快感が全身を駆け抜ける。

劉翔はさらに舌を尖らせて花筒を探り、蜜を誘い出してはわざと大きな音を立ててじゅううっと吸った。

「～～～っ」

羞恥と快楽とで涙がこぼれ落ちる。

容赦なく追い詰められた翠蘭は抗うこともできずに気を遣ってしまった。

びくびくと蠢動《しゅんどう》する粘膜をていねいに舐めたどり、劉翔が褒めるように膝頭を優しく撫でる。

彼は身を起こすと、上気した顔で喘ぐ翠蘭を見つめながら武骨な指を挿し入れた。

「んっ」

びくりと背をしならせる。ぬぷぬぷと出し入れされるとじっとしていられず、勝手に身体が跳ねてしまう。

「あっ、あっ、やんッ……」

付け根までずっぷりと挿入された指が、奥まった襞をくすぐるように探る。下腹がぞわぞわして、また達してしまいそうになった。

「だ、だめ、劉翔さま……。そこ、は……っ」

「好きだろう？　この辺とか……この辺とか」

囁きながら角度を変え、場所を変えて翠蘭の弱い場所を責め立てる。

「あぁっ、やぁっ、だめなのっ……」

「正直に言わないと、達かせてやらないぞ？　悦いんだろう？」

「んっ、んっ」

翠蘭は夢中で頷いた。

「悦い……！　気持ちぃ……です……ッ」

「いい子だな」

甘やかすように囁いて、劉翔が指を引き抜く。それはすぐに二本に増えて戻ってきた。搔き回されて泡立った蜜が、ぐちゅぬちゅとはしたない水音を立てる。

「んんッ！　あぁ、ぃや……ふか……っい……！」

翠蘭は絹の敷布を掴んで悶えた。まるで裏側から臍《へそ》を撫でられているような倒錯した感覚に惑乱の涙が噴きこぼれる。

「はぁ……ぁ……ん……」

内臓が迫《せ》り上がるような感覚とともに翠蘭は絶頂に達した。

深く挿入された指を震える花襞がけなげに食い締める。

たまらない快感にのけぞって背中が浮き、翠蘭は涙で重く湿った睫毛を朦朧と瞬いた。

くちゅ……と淫らな音を立てて指が引き抜かれ、せつなげに媚壁が蠕動した。ぽかりと虚が空いたみたいで、すぐにもそこを埋めてほしくなる。

指よりもっと太くて長い、剛直の楔で――。

翠蘭は無意識にこくりと喉を鳴らし、おずおずと脚を開いていた。

その姿に劉翔が目を細める。

「欲しいか？」

誘惑の声音につり込まれるように頷くと、彼は悪戯っぽく囁いた。

「接吻してくれたらあげよう」

身を起こし、彼の肩に手を置いて顔を近づけると、いきなり唇に指を当てられた。

「違う。これに接吻してほしいんだ」

「え……？」

視線をたどり、翠蘭は固まった。示されたのは揚々とそそり勃つ雄茎だったのだ。

「厭か？」

「い、厭ではありません、けど……」

彼がそうしろと言うなら否やはないが、なにぶん初めての要求でとまどう。

「春宮図にもあったんだが、そなたが厭がりそうなので飛ばしたんだ」

確かに新婚早々そんなことを要求されたら絶対無理だと泣きだしてしまったに違いない。

何度も身体を重ね、互いの肉体を知り尽くした今ならできる……かも。

「や、やってみます」

「無理しなくていいのだぞ？」

要求しておきながら劉翔は心配そうだ。やはり彼はどこまでも翠蘭に甘い。

「大丈夫です。うまくできるかわかりませんけど……」

胡座をかいた劉翔の股間に、翠蘭は思い切って屈み込んだ。引き締まった腹部に当たりそうなほど急角度で反り返っている肉棒にそっと手を添える。

一回り太くなった先端の鈴口から透明な淫涙がにじんでいた。おそるおそる舌先で舐めてみるとかすかに苦みはあるものの嫌悪は感じなかったので、そのまま口に含んでみた。

劉翔がしてくれるみたいに吸いながら舌を絡める。

翠蘭の肩に置かれた彼の手がぴくりと動き、反射的に動きを止めると『そのまま続けて』と官能的な声音で囁かれた。

指示されるまま舌を動かしながら玉袋を優しく揉む。頭上から聞こえて来る吐息が次第に熱をおび、彼が快感を覚えていることがわかって翠蘭は嬉しくなった。

雁の部分を舌先でぐるりとたどり、裏筋にも舌を這わせる。

「……いいぞ。上手だ」

目顔で尋ねると、彼は陶然とした笑みを浮かべた。

「ああ、すごく気持ちいい」

優しく髪を撫でられ、甘えるように腰をくねらせる。

次第にコツが掴めてきて、翠蘭は両手で棹をしごきながら夢中で先端を舐めしゃぶった。

唾液と先走りが渾然一体となって、ちゅぷちゅぷと淫らな音を響かせる。それすらも翠蘭の昂奮を掻き立て、じゅくりと秘処が疼く。

舌の動きに合わせて小刻みに腰を動かしていた劉翔は、大きな吐息を洩らすと翠蘭の肩を押した。太棹が唾液の糸を繋いで口腔から抜き取られる。

赤黒く怒張した雄茎が灯火にぬらぬらと光るのを見て、翠蘭は急に恥ずかしさを覚えた。

今まで自分がそれを銜え、飴のようにぺろぺろ舐めしゃぶっていたのかと思うと顔から火を噴きそうになる。

恥じ入る翠蘭を抱き寄せ、劉翔は躊躇なく唇をふさいだ。

「んッ……」

舌をきつく吸われ、息苦しさと昂奮とで瞳が潤む。同時に、濡れそぼった蜜口に固いものが押し当てられた。

熱く濡れた襞を割り、猛る剛直がにゅくりと蜜壺に押し入ってくる。

背に添えられていた手がゆるむむと身体を支えられず、腰を落としてしまった。

ずぷぷっと一気に長大な太棹で貫かれ、翠蘭の背がしなる。がくがくと震える首筋に、劉翔がねっとりと舌を這わせた。

「ひぁあっ！」

根元まで屹立を呑み込み、繋がった部分はぴったりと密着している。劉翔は翠蘭の耳裏から肩口まで舌でたどりながら、抉るように奥処を穿った。

「んっ、ん、あんッ、あっ、あっ、やぁっ……」

意味のない嬌声が艶めかしい唇からこぼれる。抽挿のたびに結合部から蜜があふれ、たらたらと滴り落ちた。

頑健な体躯に四肢を絡めて抱きつき、翠蘭は悶えた。

極太の肉棒が、ぬっぷぬっぷと花筒を前後している。奥処をずんずん穿たれるたび視界に火花が散った。

翠蘭はたちまち絶頂を極め、淫刀を深く呑み込んだままびくびくと身体を痙攣させた。花襞がわななき、雄茎に絡みついてきゅうきゅう絞り上げる。

「……くっ」

劉翔は低く呻き、身体をこわばらせた。吐精の衝動をやり過ごし、とろんと放心している翠蘭の唇を甘やかすようについばむ。

誘い出した舌を食みながら、彼はたわわな乳房を捏ね回した。続けざまの快感で意識朦朧となった翠蘭は、鼻にかかった喘ぎ声を洩らしながら繋がった腰を無意識に揺すり立てた。

劉翔は後ろ手を突き、自慰同然に腰をくねらせる翠蘭の痴態をほれぼれと眺めた。

「なんと艶めかしい……。まさに天女と契っているかのようだ」

互いの腰を蠢かせ、ゆるく長い陶酔を味わう。翠蘭は乳房をたゆたゆと揺らしながら腰を振りたくった。あまりに気持ちがよすぎて止められない。

意識は愉悦にとろけ、もう何も考えられなかった。頭にあるのはただこの悦楽をどこまでもむさぼり、味わい尽くすことだけ……。

「ぁ……」

甘い声を上げ、翠蘭は顎を反らした。ひくひくと花襞をわななかせて恍惚に浸る。

劉翔は乳房を揉みしだきながら、快楽に蕩けきった翠蘭の美しくも淫らな顔をうっとりと見つめた。

ぐっと腰を引き寄せ、さらに深々と挿入する。ごりりと奥処を抉ると、ねっとりした精水《きみず》が噴き出し、翠蘭は声にならない悲鳴を上げた。

「……そろそろいい頃合いだな」

翠蘭を抱きしめて、劉翔が褥に転がる。繋がったままぐるりと身体が反転し、翠蘭は甲高い嬌声を上げた。

膝裏を掴んで脚を押し上げ、劉翔はぐいぐいと腰を入れた。秀麗な額に汗がにじみ、熱っぽい吐息に獣じみた呻きが混じる。

猛々しい楔をずぷぬぷと突き立てられ、翠蘭はあられもなく悶えた。

「あっ、あっ、あんっ、んんっ、やぁあ、も……っらめ……ぇ……」

唾液が絡んで呂律が回らず、むせび泣くように喘ぐ。

いったい何度達してしまったのだろう。途中からは何も考えられなくなって、あんなに恥ずかしかったはずの嬌声を上げながら淫らに腰を振り立てた。

（ああ……来る……）

これまでにない絶頂の予感に翠蘭は震えた。

切望したものがようやく与えられる。

抽挿の勢いが増し、濡れた肌がぶつかり合ってぱんぱんと濡れた打擲《ちょうちゃく》音が室内に響いた。

青銅の香炉から立ち上る香の煙が、かすかに揺らぐ。

「ぁふっ、あんん、りゅ……しょ、さま……ぁ」

舌足らずに名前を呼ぶと、劉翔は迫り来る官能に眉根を寄せ、低く呻いた。

「翠蘭……」

く、と歯噛みして、彼が腰を押しつける。

熱い欲望が堰《せき》を切って蜜壺に流れ込んだ。下腹部をびくびくと痙攣させながら翠蘭はうっとりと放心した。

何度も腰を押しつけて欲望を出し切ると、劉翔は褥に横たわって大きく息をついた。

彼は翠蘭を抱き寄せ、額に唇を押し当てた。

「いつもながら最高に素晴らしかった。そなたを抱くたび愛しさが増す一方だ」

翠蘭は彼の逞しい胸板に頬を寄せ、満ち足りた吐息を洩らした。

「愛しています、劉翔さま。これからも、ずっと、ずっと……」

「ああ、俺もだよ」

劉翔は微笑み、たっぷりと甘い接吻をしてくれた。

彼の手が、優しく背中を撫でる。

欲しかったのは、それだけ。この人と愛し合うことさえできれば、他には何もいらない。

そして望みは叶った。

愛する人とともに人生を歩んでいける。ふたり一緒なら、何があっても怖くない。

何があろうと乗り越えられる。

きっと、絶対に。

必死の願いを聞き届けてくれた大いなる存在に深い感謝を捧げながら、翠蘭は逞しくあたたかな腕に抱かれてうとうとと眠りに引き込まれていった。

後日談　琴瑟相和《きんしつそうわ》

「――それから、宣媚公主が隗《かい》の大王に嫁したそうです」

執務室で朝貢《ちょうこう》の報告を受けていた瓏国皇帝・烏骨劉翔は、眉をひそめて書類から顔を上げた。

低い階《きざはし》の下で畏まって頭を下げているのは、尚書令《しょうしょれい》（秘書長官）の汪慧泉《けいせん》。亡き母の弟で、劉翔の叔父にあたる。

先々帝の代に皇后の親族として取り立てられたものの、先帝に嫌われて北東の辺境に県令として左遷されていた叔父を、五年前、新帝として即位した劉翔は京師《みやこ》に呼び戻した。

尚書令に抜擢された慧泉は、甥である劉翔によく仕え、私心なく政を補佐している。

劉翔は考え込む表情で顎を撫で、尋ねた。

「確か公主は帰国してまもなく旻の若い貴族と再婚したのではなかったか?」

「はい。三年ほどでその貴族が病没してしまい、しばらく独り身でいたところ、王家の狩猟に招待された隗《かい》の大王に気に入られ、右妃として再々婚となったようです」

隗は旻と同様の遊牧国家だが、出自の系統は異なる。三十年ほど前に瓏の朝貢国となって以来、反抗のそぶりはなく、毎年貢ぎ物を持った使節が京師《みやこ》を訪れている。

隗の大王は正室をふたり持つ。瓏とは反対に左が優位とされるため、右妃は第二夫人ということになる。

「おとなしく右妃に収まっていてくれればいいが……」

「監視を強化しますか？」

しばし考え、劉翔は頷いた。

「そうしてくれ。あの女子のことだ、またぞろ野望がぶり返して大王を唆し、旻と結託して北部諸州に手を伸ばさないとも限らぬ」

「まずは左妃を蹴落とす必要があるでしょうね。それで内紛でも起こってくればこちらとしては助かります。ついでに隗と旻のあいだにいざこざが生じれば、我が国としてはもっけのさいわい」

澄ました顔で言う慧泉に劉翔は苦笑した。

「確かに。だがそうなると、飛雪《ひせつ》がかわいそうだな……」

そこへパタパタと軽い足音がしたかと思うと、幼い男の子が皇帝の執務室に飛び込んできた。

「父上！　お仕事終わりましたか？」

「殿下、お邪魔をしてはなりません」

慌てて後ろから走ってきたのは年嵩《としかさ》の少年で、皇帝と尚書令に慌てて拱手した。

劉翔は駆け寄った幼子を抱き上げた。四歳になったばかりの第一皇子、秋水《しゅうすい》だ。

「こらこら、飛雪を困らせてはならぬと言っているだろう」

「だって待ちきれなくて！　街の観灯《かんとう》祭りを見るのは初めてなんだもの」

「侍者を困らせるような悪い子は連れていけないぞ」

たしなめられてしゅんとなる皇子に、飛雪が慌てる。

「大丈夫です、聖上。殿下は少しばかりはしゃいでおられるだけで……。いつもはとても聞き分けがよくていらっしゃいます」

「秋水よ。飛雪はそなたの侍者とはいえ、れっきとした旻の王子なのだ。親しき中にも礼儀ありだぞ」

「はい、父上。――あのね、お祭りには飛雪も一緒に行っていいよね？」

「もちろんだ。皆で一緒に見物しよう」

皇帝の言葉に飛雪も笑顔になる。五歳で人質として瓏に送られた彼ももうすぐ十歳。秋水の遊び相手を務めながら勉学にも励んでいる。

「ああ、今夜は観灯祭りの最終日でしたな。微行《おしのび》されるので？」

「城下の賑わいをこの子にも直に見せてやりたくてな」

「お気をつけて。私も妻を連れて出かけるつもりです」

慧泉がうやうやしく拱手する。

「大叔父上、またね！」

元気よく秋水皇子が手を振る。慧泉は笑顔で小さく手を振って退出した。入れ替わりに侍女を従えて翠蘭が現れる。

「ここにいたの、秋水。お出かけの支度をしますよ。飛雪もいらっしゃい」

優しく言われ、歓声を上げた秋水が父の腕から飛び下りる。

「早く行こう、飛雪」

「そんなに急ぐと転びますよ」

元気一杯の皇子の後を、飛雪が慌てて追いかける。おっとり笑った翠蘭のもとに劉翔は歩み寄った。

「本当に大丈夫なのか？」

まだふくらみの目立たない腹部にそっと手を当てられ、翠蘭は微笑んだ。

「もう安定していますから。太医も心配ないと」

「そうか。でも無理はするなよ」

「相変わらず心配性ですね」

くすくす笑う翠蘭の肩を抱いて、劉翔は執務室を後にした。

夜になった京師《みやこ》は数えきれないほどの提灯でまばゆく光輝いていた。

最小限の護衛を伴い、翠蘭たちは和気藹々《わきあいあい》と街を歩いた。

「寒くはないか」

劉翔は寄り添って歩く身重の妻をいたわる。翠蘭は微笑んでかぶりを振った。

「大丈夫ですわ」

目の詰まった毛織物の長外套は、首元に最高級の黒貂《セーブル》の毛皮があしらわれている。北方の朝貢国からの貢納品だ。

ふたりの前には秋水と飛雪が手をつないで歩いていた。飛雪は実の弟のように秋水を見守り、秋水もまた彼を兄のように慕い、懐《なつ》いている。あちこち見回しては歓声を上げる微笑ましい後ろ姿に、ふたりが大きくなってもその関係が変わらないことを心から翠蘭は願った。

夫妻の背後に従うのは侍女頭を務める深深と、龍武《りゅうぶ》軍（親衛隊）の将軍を拝命した廉貞。どうやら廉貞は深深に気があるようで、何やかやと懸命に話しかけている。深深は気がなさそうに頷くだけだが、まんざらでもなさそうだ。

その後ろには禄存が平服の部下を従えて続く。暢気そうな顔をしているが、彼も今や羽林軍（近衛軍）の将軍だ。同輩とは違って身を固める気はなさそうで、あちこちの青楼《せいろう》（妓楼）に出入りしては評判の名妓《めいぎ》と浮名を流している。

一行は川沿いの茶館に入っていった。そこで待ち合わせをしているのだ。川面《かわも》に面した二階の特等席を借り切った人物がうやうやしく出迎えた。

「お久し振り、夏清兄さま」

翠蘭の嬉しそうな呼びかけに、彼もまた笑顔で拱手する。

「お久し振りでございます、両陛下ともお元気そうで何より」

彼の挨拶に、両側に控えた春鶯と迦陵が唇に指を当ててシーッとたしなめた。

「だめですよ、旦那さま」

「今宵はそれは禁句です」

「おお、そうだった」

焦って頭を下げる夏清に双子も倣って一礼した。

「春鶯も迦陵も元気そうでよかったわ。ふたりともずいぶんお腹が大きくなったわね」

「あと二月で生まれる予定です」

ねっ、と双子は笑いあった。

昨年、春鶯と迦陵は揃って夏清に嫁いだ。皇室御用達《ごようたし》となった夏清が宮城へ出入りするうちに親しくなり、結婚を考え始めたのだが、どちらかひとりを選ぶことができずに悩んだ。双子も互いに離れたくない……というわけで、めでたく揃って嫁入りとなった。

双子の特例でふたりとも正妻だが、一応姉の春鶯が第一夫人、妹の迦陵が第二夫人だ。仲がよいことにふたりは同時期に懐妊し、第二子を妊娠中の翠蘭よりも少し先に出産予定である。

従兄が幸せそうで翠蘭はとても嬉しい。双子はかわいいだけでなく武術の達人でもあり、少々世間の常識とズレているところがあるので、文人の夏清は少しばかり大変そうだが。

全員そろったところで食事となった。無数の提灯が水面に映る幻想的な景色を眺めながら無礼講でわいわいと食事を楽しみ、それから連れ立って街へ繰り出した。

子どもたちに目を配りながら、翠蘭は劉翔と腕を組んでそぞろ歩いた。

色紙を張った提灯をびっしりと吊《つ》るした、二階の窓より高い竹竿《たけざお》がずらりと並び、あちこちで大きな篝火《かがりび》も焚かれて街は真昼のように明るい。冬支度の人々がぞろぞろと歩き、屋台を覗いたり、寸劇や大道芸を野次《やじ》ったり喝采《かっさい》したりしている。

子どもたちは冬の名物であるさんざし飴をかじりながら、身振り手振りを交えた大仰な講談師に笑い声を上げた。

その姿にふふっと笑いを洩らすと劉翔が首を傾げた。

「どうした?」

「いえ、いつかの夏、茶館の二階であんず飴を食べたことを思い出して」

「ああ、そんなこともあったな」

劉翔はハハッと笑い声を上げた。

「そなたが放蕩貴族に絡まれたときだ」

はい、と翠蘭は頷いた。

「ひょいっと放り投げてしまったのでびっくりしました」

「どうせなら窓から放り出せばよかった。そなたに無礼を働く者は万死に値する」

「まぁ」

まじめくさってうそぶかれ、翠蘭は噴き出した。

結婚して五年が経っても、劉翔の溺愛は薄れるどころか深まる一方だ。翠蘭は立后まもなく懐妊し、皇子を産んだ。

跡取りができたことに劉翔は大喜びし、翠蘭もホッとした。しかし、それから四年近くも身ごもらなかったため、皇統が途切れることを心配する臣下たちは側室を娶るよう勧め始めた。

劉翔はそのような上奏を一顧だにせず、翠蘭だけを愛し続けた。申し訳なさを感じてしまうくらい、それは真摯で純粋な愛だった。

閨事《ねやごと》は新婚の頃よりはいくらか間遠《まどお》になったものの、濃密さはさらに増している。結婚祝いにもらった美人椅子も未だに現役だ。とうに翠蘭の身体は知り尽くしているだろうに、まったく倦む気配がない。

それほどまでに愛され、大事にされて、翠蘭は彼のためにもっと子を成したかった。気にするなと言ってくれても、彼が次子を欲しがっていることはなんとなくわかる。

妊娠しやすくなるという薬草を服用したり、神仏に毎日祈りを捧げたかいあってか、去年の秋、翠蘭の懐妊が判明した。

劉翔は以前にも増して喜び、さらに翠蘭への溺愛を深めた。それはもう臣下たちも新妃を入れることを諦めざるをえないほどの寵愛ぶりだった。

提灯が並ぶ通りをそぞろ歩きながら、翠蘭は空いたほうの手でそっと腹部を撫でた。

「どうした？　腹が痛いのか」

心配性な皇帝に、笑ってかぶりを振る。

「いいえ、どちらだろうと思っただけです。男の子か女の子か」

「どちらでもいいぞ。翠蘭が産む子ならかわいくて聡明《そうめい》な子に決まってるからな！」

即位して五年。優れた政策を次々に打ち出し、すでに名君の誉れ高い劉翔も、でれでれと目尻を下げて親馬鹿まるだしだ。なんだかかえって心配になってしまう。

「しかしあえてどちらかと言えば……うん、今度はやはり女子がいいかな？　しかし女子ならいずれ嫁に出さねばならぬ。そう考えるとせつないな」

悩ましげに劉翔は嘆息した。まだ生まれてもいないのに気が早いことだ。

思わず苦笑する翠蘭の手を、劉翔はぎゅっと握った。

「とにかく身体を大事にしてくれよ。そなたに何かあったらと考えただけで居ても立ってもいられなくなる」

「劉翔さまは本当に心配性ですね。心配性すぎて、こっちが心配になってしまいます」

くすくす笑うと劉翔は照れたような笑顔になった。

「そうだな。そなたが傾国と誇られることのないよう、自戒せねば。しかし、そなたが愛しくてたまらぬのはどうしようもない」

彼の言葉に、久し振りに前の世のことを思い出した。今ではもうすっかり夢のようになった、つらく悲しいもうひとつの人生――。

傾国と罵られながら、作り笑顔で皇帝の身体が崩れぬように必至で支えた。その重さはたったひとりで世界を支えるかのようで、ただひたすら苦しかった。

大いなる計らいで新たな人生を得た今は、愛する人を全力で支えたいと思う。たとえそれがどんなに重くても、つらくはない。

独りではないから。

自分もまた彼に支えられているのだという、確かな実感があるから。

いつのまにか廉貞に肩車されて獅子舞《ししまい》を見物していた秋水が元気よく手を振った。その愛くるしくも闊達な笑顔に改めて幸福感が込み上げる。

「――父上、母上！」

ふたりは笑顔で息子に手を振り返すと、手をつないでゆったりと歩き始めた。


その後、さらにふたりの子に恵まれた翠蘭は、賢后として多くの人に慕われた。

劉翔の代から瓏帝国はますます繁栄し、大帝国の威容は大陸全土に広く知られることとなる。

あとがき

初めまして。こんにちは。今回は『傾国の美姫のマル秘！人生再建計画　逃亡したら皇弟将軍の最愛妃になりました』をお読みいただき、まことにありがとうございました。楽しんでいただけましたでしょうか？

今回は、なんか後宮もの書きたいな！　と思って中華風にしたんですが、話の流れ的にほとんど後宮は出てきませんでした（笑）。機会があればまた挑戦してみたいと思います。

中華時代劇はＴＶでいくつか見てますが、いきなり血を吐くとか、躓いたヒロインをヒーローが抱き留めて見つめ合うとか、空からくるくる回りながらヒーローが下りてくるとかのお約束が笑えて楽しいです。

さて、今回のお話はループものでして、持って生まれた美貌ゆえに傾国（国を傾けるほどの美人）の悪名を着せられ、好きな人に殺されてしまったヒロインが、気がつけば三年前に戻っていたところから始まります。

バッドエンドを回避するため家出を決行したヒロインは、よりにもよって自分を殺したヒーローに出会ってしまい、前回の人生では結ばれなかった彼と結婚できることになります。

溺愛されて幸せいっぱいのヒロインですが、前の人生の悪役がまたもや手を伸ばしてきて……という感じのお話です。

ヒロインは前世の記憶がはっきりしていますが、ヒーローのほうはほとんど覚えていません。その辺のギャップから生じるもだもだ感など楽しんでいただければ嬉しいです。

せっかくの中華風なので、何かそれらしきお道具を使ったエッチシーンなど書いてみようかということで、何冊かその手の本を読んで採用となりましたのが美人椅子です。これ、わたしの創作ではなく実在しています。美人椅《メイレンイー》といいまして、中国の某博物館に行けば実物が見られるようです。別の形のエッチ専用椅子もあって、さすが中華は奥が深いなぁと感心しきり。

まぁ、日本も江戸時代まではおおらかでしたしね～。あっ、突然思い出した。二十年かそこら前に中国にちょっと行ったことがありまして、金太郎腹巻のみの幼児がお尻丸出し（当然前も）で戸外を駆け回っていて仰天しました。今はさすがにいないだろうなぁ。オリンピックもあったし。いやぁ、衝撃的な光景でしたが、日本も昔はあんな感じだったんでしょうね。

などと、唐突な思い出を語っていたら紙面も埋まりましたので謝辞を。イラストを担当してくださったサマミヤアカザ様。かわいいヒロインとかっこいいヒーローをありがとうございました。担当の編集様、毎度明後日な方角のプロットばかり出してすみません！　本書が世に出るまでにご尽力いただいたすべての方々と読者の皆様に厚く御礼申し上げます。

またいつかどこかでお目にかかれますように。

小出みき

Mitsuneko Label

蜜猫文庫をお買い上げいただきありがとうございます。
この作品を読んでのご意見・ご感想をお聞かせください。
あて先は下記の通りです。

〒102-0075 東京都千代田区三番町8番地1 三番町東急ビル6F
(株)竹書房　蜜猫文庫編集部
小出みき先生 / サマミヤアカザ先生

傾国の美姫のマル秘！人生再建計画
逃亡したら皇弟将軍の最愛妃になりました

2022年12月29日　初版第1刷発行

著　者　小出みき　©KOIDE Miki 2022
発行者　後藤明信
発行所　株式会社竹書房
〒102-0075 東京都千代田区三番町8番地1 三番町東急ビル6F
email : info@takeshobo.co.jp
デザイン　antenna
印刷所　中央精版印刷株式会社

熊野まゆ
Illustration ことね壱花
落ちぶれ貴族令嬢は
愛情表現が激しすぎる
王子に
溺愛される
絶倫殿下のごちそうになりました!?
俺がおまえのいちばんになりたいだけだ
十八歳の誕生日を契機に、人がそれぞれの個性に応じて纏う色『ファーベ』が見えるようになったカミラ。貴重な個性だとお城の舞踏会に出るのを許され、王太子ランベルトに気に入られた彼女は、満月に気が昂ぶるランベルトの「鎮め係」になるよう誘われる。「おまえが奏でる音はすべてが耳に心地いい」ずっと憧れていたランベルトに情熱的に愛されて夢見心地なカミラだが、王太子付の侍従は身分が低い彼女を快く思わず――!?